騷人頌

趙福粦詩集

趙福粦 著

目次

古體詩之部……185

附錄

閻振瀛教授序

趙福蕣和我是六十多年前基隆信義小學的同窗，彼此心靈契合。後來雖然各奔東西，天各一方，但仍時常思念對方。這種思念之情終於產生心電感應；就在二零二一年十一月初我跟內人談起他之後沒有幾天，他突然從澳洲打電話給我，向我致候。事後他特地爲此作了一首〈少小離別老大聯〉的新詩。詩中有這麼一段寫道：

是什麼樣的神奇
把您的思念置入我的手中
令它在穿越一甲子的風霜之後
闖入臉書觸到您的足印
隨即從萬里之外的大洋洲
拿起電話，讓您重又聽到
沒有被六十年滄桑篡改的「童話」

成年之後，我們在學業和事業上走了一條不同的道路。我從事中西文學、戲劇、藝術和繪畫的研究、創作與教學；他則踏入法學的領域，在律師界執業四十年。在四十年的執業生涯中，他曾受聘擔任中國石油公司、中華電視臺、中視文化公司、臺北希爾頓大飯店等數十家公司行號以及著名影星胡因夢的常年法律顧問，且每每在法庭上為當事人（或為自然人，或為法人）的權益進行雄辯。譬如，在前文星雜誌創辦人蕭孟能自訴李敖侵占一案中，他和李永然律師共同擔任蕭孟能的自訴代理人，與能言善道的李敖唇槍舌劍，最終把李敖送進了監獄（身為律師，他因當事人勝訴後的喜悅而感到寬慰，但作為李敖台中一中的學弟，他則為李敖生平第二次入獄而傷心）；在李敖告胡因夢偽造文書與偽證的兩個案件裡，他應胡因夢之請，和李永然律師一起擔當她前一案件的辯護人，而在後一案件中，則做她的獨任辯護人，結果成功助她獲得前一案件的無罪判決與後一案件的不起訴處分；在臺北希爾頓大飯店稅務案件的行政訴訟中，他替希爾頓大飯店爭回稅捐機關不當課徵的巨額稅款，希爾頓大飯店為此主動加付他一筆豐厚的律師服務費。

趙福彝對文學，尤其是詩歌創作，其實有濃厚的興趣，只是他的職業令他無法分心，以致他的文學園地被荒廢了。退休後，他像脫韁的野馬，迫不及待地在詩歌的原野上奔馳，豪放而浪漫。他的〈2014 年初夏，甘南大草原一日遊〉（舊詩中的古體詩）

是這種情況的寫照：

極目三千里，藍天罩碧瑤。
單騎馳竟日，射雕逞英豪。
夜宴牧羊女，情歌上九霄。
伊人起藏舞，星光度春宵。
月殘怯言歸，相思最難熬。

卸下律師袍的他，掙脫了法學思維的桎梏，靈魂得到徹底的解放，熱烈擁抱感性給他的快樂。這反映在他〈哥本哈根〉的詩篇中：

埃瑞克森的思想之翼
飛越二十世紀和兩洋
來到阿布達比清真寺
以超乎彎月的引力
拉下我的黑頭巾，卸下我的黑長袍

載我去哥本哈根小美人魚雕像前
感受文藝復興的餘震

餘震讓快樂精靈從我震垮的心牢逃逸

小美人魚在沉思，我亦學其沉思
驚濤擊岸發出快樂精靈的呼喚：
「脫掉妳的衣裳
妳肯定可以美逾其姿
任由海風愛撫，驚濤謳歌」

遠處，安徒生銅像的膝下
幼童們為豌豆公主的婚禮
和紅鞋女孩最終的歡樂
歡笑不止

歡笑成風
風在哥本哈根的四度空間迴蕩
在丹麥人的細胞間迴蕩
在我胴體和沒有柵欄的心房迴蕩

埃瑞克森和安徒生指尖釋放的催化劑
已然使哥本哈根的四度空間
跟我和丹麥人合體
可蘭經、佛經和 Bible 無需吟誦
歡笑是此地唯一的真理
唯一的時空過客
唯一的居民

他對美國恃強淩弱的行徑非常不齒，詩興一發，即大加撻伐。在〈星條旗與最後的一滴乳汁〉中，他寫道：

你是海洋
（星條旗在飄揚）
你以白茫茫的天際線
彰顯你的遼闊
（星條旗在飄揚）
以澎湃的波濤
炫耀你的壯碩
（星條旗在飄揚）
以吞納百川
張揚你的肚量
（星條旗在飄揚）
以浪潮擊岸
咆哮陸地阻擋你的擴張
（星條旗在飄揚）
更以海嘯滅殺生靈
大秀你霸凌陸地的篇章

（星條旗在飄揚）

陸地隱忍，蒼天無語
但我有話要說
在我眼裡，你的大小
遠遠不及伊拉克被霸凌時
垂死的母親為她懷中的嬰兒
擠出的最後一滴乳汁

呸，你靈魂裡頭
有阿瑞斯的吶喊
馬漢的鼓噪，以及
星條旗飄揚颳起的風暴
比起嬰兒的母親
這樣的靈魂顯得何其醜陋

天下有嬰兒的母親們
當妳們的家園被咆哮
被霸淩時
請擠出妳們的最後一滴乳汁
讓乳汁隨著嬰兒的長大
從他們的眼球射出
一把把狄刻神劍的光芒
令那醜陋的靈魂望之膽喪
也讓乳汁隨著嬰兒的長大
在他們的心中豎起
一座座墨子的巨像
使愛在地球上擴散
在人類的腦袋洶湧
在宇宙中澎湃
那醜陋的靈魂
將再也無法附身于海洋

星條旗將被史家從海洋移到
史博館中的一個偏僻的角落
令它和羅馬軍團的鷹旗
遙相對應
任由它們在兩千年時間長廊的兩頭
詛咒落塵遮蔽了兩個海洋帝國的輝煌

他熱愛和平，因而寫下另一首古體詩，向臺灣民眾示警：

〈損友唆戰〉
田田金穗倉滿盈，海峽兩岸迎昇平。
高粱痛飲方半酣，戰販擊鼓慫柳營。
美酒當前宜盡歡，沙場拼殺為誰征？
最悲鬩牆遂魔意，屍橫遍野餵禿鷹。

身爲中國人，他因中華文化的淵遠流長和博大精深而感到自豪：

如果要我書寫中華文明的故事
我得用太平洋一整洋的水來磨墨
而書寫希臘，用愛琴海，太浪費
書寫埃及，用紅海，過量了
書寫美國，用一湯匙密西西比河的水
都嫌多

我還沒遊遍龍之大地的博物館院
閱盡歷朝歷代的山高水深
就已經看到
有白頭鷹無法飛越的高峰
有海狼不能到達的海溝

如果要我預製
中華文明未來待繪的空白畫卷
我得先瞭解地球還有多長的壽命

從地球遷徙到其它宜居的星球
需要飛多少光年
（〈老護士職業生涯的最後一夜〉節錄）

他殷切期盼台海兩岸早日實現和平統一，讓兩岸同胞共享太平盛世：

我把形似臺灣地圖的一片粽葉
緊緊繫在狀如雄雞的粽子上
待粽子熟透，和粽子一起飄香
（〈我的端陽節日記〉節錄）

看到臺灣某些人背祖棄宗，他發出深深的嗟嘆：

〈阿里山神木千年一嘆〉

阿里山高聳破雲

以日月為眸
晝夜俯瞰島上的詭異春秋

東洋的神社
怪誕地築在島上漢民的心上
漢魂如香炷
在頂禮膜拜中燒成灰燼

黃河滔滔水
曾從漢族兒女的內心
發出撼山的怒吼
衝破赤崁的城門
擊碎荷人的甲胄
而島上漢人的心
一旦墮落成鬼子的祭壇
黃河的怒吼，便被它異化成

朝向黃陵的詛咒

這島上春秋的詭異篇章
何時可以翻過？
四萬萬中華兒女的熱血
曾在青天白日滿地紅旗幟揮舞下
燃燒成降魔的熊熊烈火
將魑魅魍魎一舉逐出了中土
同樣的一面旗幟
怎麼就招不回島民的漢魂？

阿里山的神木在風中發出
千年未曾有過的嘆息
阿里山的日月遙望著
中山陵那個巨人的靈魂

他歌頌歷代詩人的情操和氣節，因而寫下他的〈騷人頌〉：

〈騷人頌——寫在端陽節〉

汨羅江悲憤一跳
將自己在宦海多年的浮沉
縮短成一瞬幻影
把楚懷王父子短暫的王位
拉長成千古罵名
這一跳
濺得神州滿地離騷
響徹長空萬里天問
這一跳
跳進華夏文明的內核
長領風騷萬萬年，屈原

歷代騷人多有屈原的魂魄
當君王賜之以朝服
騷人輒在朝中高誦離騷的新辭
佞臣為之驚怵，昏君為之震怒
秋風若沒有飄來騷人的輓歌
遙遠蠻荒便是他殘生的歸宿
遠貶蠻荒的騷人
用詩把國土潤透，將山川染綠
向歷史送出明君可用的藍圖

千家萬戶粽香嫋嫋的時節
當槳擊出水花，龍舟在江河昂首前行
心繫社稷的騷人寄託的一船沉重憂情
便在鼓聲和槳手的吶喊中送向蒼天
舟到江尾，迎來大展帝王心胸的海洋
海上藍空燦爛的陽光是蒼天燦爛的筆

在每個槳手仰天的臉上
書寫騷人渴望得到的回音

他認爲自己是祖宗生命的延長，而自己的子孫又是自己生命的延長，因而推論每一個人的生命都是永生不滅的：

〈不要問我悲不悲〉

當殘花飄零、父母羽化時
不要問我悲不悲
我不是古代多愁善感的詩人

時間是條沒有終點的無形之川
大江欲與時間合流
但大海是它高歌奔騰的終點
花和人不是有終點的大江

時間飛行永不歇息
浮雲想做時間永恆的伴侶
但雨點是它夢想的句點
花和人不是有句點的浮雲

時間是條無限伸展的延長線
當殘花飄零、父母羽化時
不要問我悲不悲
我不是古代多愁善感的詩人
只要花的種子落地
只要精子和卵子結合
花和人都必衍生出
有生命的N個有代際的點
N個有代際的點都必串連成一條
和時間重疊，沒有末端的延長線
每一個點就都是先輩生命的延長

飄零不是歸零，羽化不是消亡
而是宣告
生命延長工程的完美收官

當殘花飄零、父母羽化時
不要問我悲不悲
他們不會像大江哪樣
在大海斷流
也不會跟浮雲一般
不得不在天上掉淚
他們是時間長河上
不會蒸發的水
在不斷擴張的宇宙中
不停地奔流
不要問我悲不悲

我不是古代多愁善感的詩人
不是鼓盆而歌的莊子
不是細說輪迴的佛陀
我是時間長河上
吹奏生命長歌的號手

他在瑞士琉森市旅遊時，曾參觀美國已故大文豪馬克吐溫所稱最哀傷，最感人的石刻——垂死的石獅。佇立在這垂死的石獅面前，他敏銳地感知，它其實是在隱喻人類本身的恒久傷痛，因而心生悲憫，想在它的身下打坐，以悟出解除人類世代傷痛之道。

〈觀瑞士琉森市垂死的石獅〉

插在你身上的斷矛
是不是人類命運基因的密碼？
你張口無語——是佛曰不可說？

但你臉上的哀傷
是再清楚不過了
它是人禍給受難者標記的圖騰
當四方來客佇立在你面前
尤其是有奴隸恐懼症的非洲人
和對鴉片戰爭心有餘憤的中國人
肯定能從這圖騰穿越時空
看到人禍在他們祖先面孔烙上的印記
而他們不確定
這個印記何時會烙在自己的臉上
我低頭沉思，看到地上
處處是他們眼淚落下的痕跡

鐵力士峰終年蒼白
萬物之靈怎麼也亙古哀傷？
請許我在你身下打坐

就如佛陀打坐於菩提樹下
但我無意也無能像佛陀一樣成佛
我只想讓我哭泣的靈魂
進入你身上的斷矛
破譯你無法言說的密碼
以改變人類命運的走向

他也有兒女情長的一面，這顯現在他的〈期待最後的黃昏〉和〈等妳，在青海湖畔〉這兩首詩中：

〈期待最後的黃昏〉

相思是一把利刃
打從我二十歲的那一年
妳突然離我而去的那一天起
它就日日在我心上劃一道傷痕

如今已是傷痕累累，累累如
八十寒暑在我臉龐刻下的悲歌

妳的住所已經易主，妳在那裡？
我曾經天天在校園、街道、影院
以及其他一切妳可能去的地方找妳
而最終看到的，都只是
妳的幻影

其實我的願望很低，很低
只求妳再給我一個燦爛的笑容
撫平我心上的傷痕
且將我臉龐的悲歌
改寫成一首青春的舞曲

此刻，在異國的夕陽下

我再度來到一處祕境
它像極了
我們曾經多次在餘暉中
赤足徜徉的一個金山海灘
我寄語夕陽
在妳的最後一個黃昏
帶著妳和我一道在我眼前的碧海
沉落
讓我永遠沉醉於妳最後但永恆的
酒窩

〈等妳，在青海湖畔〉

昨夜夢中
妳以纖纖十指輕敲我的心扉
要我給妳一個擁吻

我張開雙臂
妳卻乘著黃鶴遠去
留給我的依舊是伴我一生的孤寂

驚醒於妳的消逝
我看到北風驅著寒雨
擊打我青海湖旅邸斗室的窗戶
不斷擊打，聲聲淒涼
不知妳會否著涼？行程可曾受阻？
我多麼希望風雨把妳留住

這風雨不知何時歇息？
我的孤寂
打從妳五十年前仙逝的那一刻起
就如巴顏喀拉山的涓涓雪水
日夜流淌，入我靈魂

匯集成我靈魂的青海湖
這湖是那麼的深
那麼冰冷，那麼空茫
那麼不能歇息，不斷注入孤寂

晨空迷濛，我離開斗室
走向青海湖的空茫
風雨打在身上，淒涼伴我前行
白天鵝比翼雙飛，在湖面上
妳何時再來，與我就地化作鴛鴦
遊弋在青海湖上？

等妳，在青海湖畔

他知道我在青年時期愛寫新詩，得過第一屆全國大專學藝競賽新詩創作金獎，也曾主編過《青年文藝》和《大學詩刊》等雜誌，因而要我在這兒順便談一談我的寫詩經驗，以饗讀者。恭敬不如從命，我現在就來抛磚引玉，簡要地說一說。

我的人生經驗告訴我，人生是一個事實，而不是一個理論；因此，我們無需為一個理論而活。我的寫詩活動也像我的生活一樣，沒有借重什麼理論，有感則發，有物則言，作品便於焉誕生，如此而已。

在我從事詩的創作時，我只接受自己靈思的命令，我不認識其他的權威。我的詩是直觀的、原始的、眞摯的，是我自己在生命中尋獲的果實，直屬詩國的地道土產，都是直接活捉到的東西，類似一種生命的有機體，自然而又必然地完成了一種應有的形式。我認為「新詩」——我比較喜歡稱之為「自由詩」——最大的好處就在這點創作的自由上。

「新詩」創作的自由性，就是「新詩」的表現形式，也是「新詩」特有的風格，實在不必再制定什麼法定的尺寸與規格。對詩人來說，如果一首「新詩」的誕生有其必然性，那麼這一首詩表現形式的完成也必然有其必然性。譬如，什麼種的馬就自然會長出什麼種的馬，何必一定要詭辯什麼「白馬非馬」呢？祇要是一朵玫瑰的蓓蕾，也就自然應該開出玫瑰花來。「新詩」的創作也是這樣，他賦予詩人表現形式上的寬容與自由，然而更要求詩人在創作心態上的自然與誠實。所以，「新詩」最要求自然，自然的感情、自然的語言、自然的聲音與節奏。換句話說，「新詩」從傳統的舊詩中解放出來，擁有表現形式上的自由，其最主要的目的便是爲了完成詩的自然性。因此，「新詩」的創作者千萬不能辜負了「新詩」表現形式的自由性，更不能濫用了這種自由性。

在文學的表現形式中，詩無疑是一種最直接而經濟的手段。我喜歡寫詩，就是因爲我喜歡應用這種便捷的形式來描敘在有情的世界中我多變化的心靈季節，以及傾訴我個人參與人生造化的那種感覺。當然，我的描述與我的傾訴就決定了我的詩的內容與深度。

說到詩的韻律與韻腳，依我的創作經驗，韻律似乎是詩應有的風貌。其實韻律就是自然的聲音與節奏，原本就自然地包容在詩的表現形式之中。我是先有思想然後才有敘述這種思想的調門與節奏，絕非是以韻律或是韻腳來奴役思想。

無論科學或文學，雖然追求的「眞」在層次或範疇上各有不同，但是都希望把自己認定的「眞」準確地詮釋與呈現出來。當我寫詩時，事實上就是因爲我有了那種詮釋與呈現「眞」的意願；所以，我遺詞用語，力求質樸、信實、準確，甚至連詩行的標點符號也絲毫不加苟且，其目的，就是想要準確地表達出自己想要表達的那個「眞」來。我想，如果「新詩」創作也有所謂技巧，那麼所謂「新詩」的創作技巧，就是如何運用「新詩」的自由表達形式，把詩人在生活中所尋獲的「眞」成功地表現出來。一個成功的表現也必然是一個自然的表現；「自然」實則與「眞」和「實」同義！

趙福犇說，他是在一個詩的意象突然閃現時寫詩。這個意象一旦出現，筆便被它帶著走，而其他意象與思想也隨之湧出，於是一個完整的詩篇就此展開。這和我前面所說「在我從事詩的創作時，我只接受自己靈思的命令」的經驗是類似的。其實，一個詩的意象的出現不是偶然的，它是詩歌創作者以往的經驗與過去所見、所聞、所思、所想累積而成的化學反應，因此，它是自然的、眞實的；它自然、眞實並誠實地反映了創作者的內心世界。這好比一個夢境，它是日有所思的結果。而詩所反映的，就是創作者的內心產生前述化學反應後的世界，詩人創作時，無需權威與理論的加持，只需自由且有節奏地把它表現出來。

趙福犇的這本詩集一共收錄了他所創作的五十八首詩，其中四十首爲新詩，十八首是舊詩的古體詩。相對於舊詩的近體詩，古體詩只重視押韻，不在意平仄與格律，因而在表現的形式上比近體詩要自由得多，這大概是他除了寫新詩，也還有興趣創作古體詩的緣故吧。但無論是他的新詩還是他的古體詩，那都是他內心世界的呈現。

我這篇序文畢竟篇幅有限，無法一一介紹他這本詩集的每一首詩，文中未介紹到的，請讀者自行細細品味。而這五十八首詩在付梓前，他多有修改，因此，他的親友中如果有人曾經看過他的舊稿，在成書之後仍值得再看。

（本文作者是美國百大名校之一的楊百翰大學戲劇藝術與實用語言學博士。歷任東吳大學英文系系主任、教務長；文化大學英文研究所所長；臺灣大學外文系教授；成功大學文學院教授兼院長及藝術研究所創辦人兼首任所長。二零零五年退休，獲贈成大文學院「永久名譽教授」榮銜。）

自序之一

年輕時，我曾經追求過文學裡頭名字叫詩的這個「美人」，但「美人」嫌我乳臭未乾，少不經事，要那個擁有一大堆條條框框、不講感情的法學老爺子把我管一管。這個老爺子就這樣把我對「美人」的單戀，變成了只有思辯，沒有風花雪月的冰冷邏輯。這一管就是四十年。但我一直把文學視爲我心靈的故鄉，將「美人」當作我追求的對象。民國五十五年五月二十日《中國時報》前身《徵信新聞報》的《人間》副刊，曾經刊登我的一篇散文詩〈落花一束〉，和於梨華、趙淑敏等文學大師的大作同框。然而我在法律這條路上畢竟越走越遠，這篇散文詩終究成了我青年時期文學創作的絕響。幾年前，當我脫下黑白分明的律師袍退休，將黑與白的纏鬥交給浮雲，便決定回歸我心靈的故鄉，去繼續追求我一直仰慕的「美人」。不過，這時已是「少小離家老大回，鄉音『已』改鬢髮衰，『美人』相見不相識，笑問客從何處來？」，頗感失落。雖然如此，但我告訴自己，「宜將剩勇追『美人』」，直至登堂入室而後已。

現將我心靈多年來釋放在紙上的濃情蜜意、義憤、悲憫和嗟嘆……集成一冊，化作「春風」和「正氣」，吹向「美人」。但願這「春風」和「正氣」令「美人」感受到我的「春風十里柔情」與「氣吞萬里如虎」。

爲求博得「美人」的歡心，我特別著「春風」和「正氣」帶上兩份大禮——閻振瀛先生青年時期創作的〈鐘乳石〉和〈普羅米修士的吶喊〉，並在其中「夾帶」我的〈賞析〉。

閻先生是美國百大名校之一的楊百翰大學戲劇藝術與實用語言學博士。歷任東吳大學英文系系主任、教務長；文化大學英文研究所所長；臺灣大學外文系教授；成功大學文學院教授兼院長及藝術研究所創辦人兼首任所長。先生在二零零五年退休，獲贈成大文學院「永久名譽教授」榮銜，這一榮銜，該院迄今還沒有對其他教授頒贈過。閻博士一生著作等身，曾參與百科全書及百科大辭典編纂工作。青年時期的閻先生醉心新詩創作，一九六二年榮獲全國青年「新詩創作獎」，得到金質獎章一座，後並出版發行《閻振瀛的詩》與《王者的演出》兩本詩集。前面所說的〈鐘乳石〉和〈普羅米修士的吶喊〉即是分別取自這兩本詩集。閻教授五十歲時，開始躋身繪畫藝術的殿堂，成就非凡，美國權威藝術評論家哈特妮女士（Eleanor Heartney）把他和西班牙的畢卡索（Pablo Picasso）、米羅（Joan Miro Ferra）、德國的克利（Paul Klee）等現代藝術大師列在同一等級。德國慕尼克大學與美國賓州大學曾經各有一位博士生以他的生平、思想、學術和藝術創作上的成就作爲研究對象，交出優秀的博士論文，並稱頌他是「當代鴻儒」。而美國權威的《瑪奎斯（Marquis）世界名人錄》和英國出版的《世界二千傑出學人錄》也都納入他的名字。有關閻大師的詳細介紹，可上臉書、谷歌、百度百科等資訊平臺查閱。

「春風」和「正氣」還「夾帶」著我的五篇散文：〈哀矜勿喜〉、〈禮失求諸野〉、〈君子固窮〉、〈湧泉以報〉和〈柳暗花明〉。它們曾經在二零二二年一至三月間先後發表於《中時新聞網》的《臺灣人看大陸》欄目。

在這再度鼓勇回鄉之際，難免近鄉情怯；不確定和「美人」見面時，她是會怒問：「春風不相識，何事入羅幃？」還是會笑說：「蓬門今始爲君開？」

我要特別感謝：（一）閻振瀛博士爲我的這本詩集作序以及閻博士的夫人醒吾科大應用英語系前主任范瑞芬教授、世新大學前校長吳永乾博士、前臺北市兒童育樂中心主任趙善彬先生、建國中學前國文老師姚守衷先生、滙豐銀行臺灣區前資深副總裁張先謨先生和醫師石燦宏先生在寫作方面給與我的指教和鼓勵；（二）趙善彬、姚守衷、張先謨等三位先生以及王逸華女士協助校對。我之所以感謝，不能被解讀爲他們贊同或反對我書中所表達的思想，因爲每一個人的思想都是獨特的，我們不能越俎代庖，

替他們說事。但可以確定的是，身爲現代知識分子，他們都有包容不同意見的雅量，
這點是非常值得稱頌的。

自序之二

自嘲（代序）

把一個雕花的金色西洋畫框
套在透明的玻璃窗上
框入一抹燦爛的晚霞
然後
將一塊銅片貼在窗檻上
銅片鐫刻有畫名和畫家的名字
畫名：贈八十四歲老人
畫家：自然

2021/10/25

新詩之部

情人的眼睛

望妳的眼，如望一泓山泉
山泉刷我，刷去滿身的塵俗
塵俗俗我，束我，在過去

在過去嘗有毀身的慾望
欲此生早了，葬入九泉
葬一千萬年
待來日輪迴
輪迴成觀世音足下的千朵紅蓮

如今只要望妳
望妳靈魂中兩顆澄澈的水晶

便有紅蓮千朵綻在我的足下
何必更作一千萬年的苦煉

附記：

此詩摘自民五十五年五月二十日《中國時報》前身《徵信新聞報》的《人間副刊》所載作者的〈落花一束〉。文稿成於澎湖，時爲同年五月一日。

等妳，在青海湖畔

昨夜夢中
妳以纖纖十指輕敲我的心扉
要我給妳一個擁吻
我張開雙臂
妳卻乘著黃鶴遠去
留給我的依舊是伴我一生的孤寂

驚醒於妳的消逝
我看到北風驅著寒雨
擊打我青海湖旅邸斗室的窗戶
不斷擊打，聲聲淒涼
不知妳會否著涼？行程可曾受阻？

我多麼希望風雨把妳留住

這風雨不知何時歇息？
我的孤寂
打從妳五十年前仙逝的那一刻起
就如巴顏喀拉山的涓涓雪水
日夜流淌，入我靈魂
匯集成我靈魂的青海湖
這湖是那麼的深
那麼冰冷，那麼空茫
那麼不能歇息，不斷注入孤寂

晨空迷濛，我離開斗室
走向青海湖的空茫
風雨打在身上，淒涼伴我前行
白天鵝比翼雙飛，在湖面上

妳何時再來，與我就地化作鴛鴦
遊弋在青海湖上？
等妳，在青海湖畔

2007/6/16

給恩師吳淑獒先生

——寫在二零一七年母親節晚宴後

六十四年前
我們進入您的鹿野苑
如初長的樹苗，盡情吸取
您用汗水和腦汁釀造的養分

在學校，您是我們的慈母
當我們有人年少輕狂，遭學校除籍
您走進校長室，淚灑除籍簿
洗去這輕狂少年的名字
並伸出您的觀音手

帶著他重新回到您的鹿野苑
自他心靈遙遠的荒原

六十四年後的母親節
我們各自的母親
都已經安息在她們歲月之河的盡頭
從此，您成了我們世上唯一的慈母

在母親節晚宴上
您和我們一一握手
您手掌的皺紋
有著上萬學生的名字
而我們的手
只向您傳遞唯一刻在我們心上的名字
那就是您，恩師
當您微笑凝視我們的時候

我們透過您的眼球
看到您心上的觀音和蓮花
您臉部表情的變化
展示著我們人生旅途上
所留下的心靈傷疤
所散發的勇登事業高峰
俯瞰群山的豪情

九三高齡的您，雖需柱杖而行
但仍光輝奪目
（您的歲月長河，依舊風平浪靜）
而我們各自的生母，七十歲左右
生命之舟就已經駛入歲月之河的末段
（風高浪急）
我們雖都竭盡她們所賜生命的全部力量
試圖減緩她們生命之舟航行的速度

無奈隱形推手助勢歲月洪流
我們唯有跪著揮淚，淒厲喊叫：
媽媽呀，您別走

恩師，我們要把我們的心
合鑄成恒定之錨
將您的生命之舟
安穩地停泊在您歲月的長河之濱
讓松柏與您競壽
菊竹梅蘭續妒您的清風兩袖

附註：

鹿野苑（Sarnath）是佛陀釋迦穆尼首次爲比丘講解佛法的地方。

2017/5/18

臺北火車站前曾經的天橋

它以少林和尚的馬步
橫跨臺北火車站前的滾滾車河
撐起一座遠勝七級浮屠的天橋
從此車河不聞哀號聲
不見冥紙撒
流浪者和叫賣的小販
亦得以在它的膝下
維繫疲憊的生命

一個撐著浮腫黝黑赤裸的上身
手指捏著幾包箭牌口香糖朝向天
朝向從天橋安然走下的行人

不斷叫賣的少年，聲音已變嘶啞
「媽媽，我只要賣出兩包口香糖
您今晚就能喝得上一碗粥」
（他喃喃自語）
但他手中的塑缽所能夠賺到的
只是他胳臂淌下的汗水和幾粒飛沙
哦，天橋不是他通往天堂的橋梁

箭牌口香糖跨國老闆的箭
天天射中列國的美鈔
他手中口香糖的箭
卻隨著他胳臂的力竭
垂向苦地，垂向
他生命的盡頭
「媽媽，對不起
我沒本事養妳」

（他喃喃自語）
我乘他不注意
悄悄地在他的塑缽放入幾個銅板
悄悄地離去

遊子海外歸來
途經臺北火車站廣場
我頭上的幾根白髮
被陣風掃落，去追尋天橋
追尋那叫賣口香糖的少年
天橋杳然，人也杳然
祇見箭牌口香糖的紙片
在空中盤旋，在我跟前滾翻

2017/6/18

哥本哈根

艾瑞克森的思想之翼
飛越二十世紀和兩洋
來到阿布達比清眞寺
以超乎彎月的引力
拉下我的黑頭巾，卸下我的黑長袍
載我去哥本哈根小美人魚雕像前
感受文藝復興的餘震

餘震讓快樂精靈從我震垮的心牢逃逸

小美人魚在沉思，我亦學其沉思
驚濤擊岸發出快樂精靈的呼喚：

「脫掉妳的衣裳
妳肯定可以美逾其姿
任由海風愛撫，驚濤謳歌」

遠處，安徒生銅像的膝下
幼童們爲豌豆公主的婚禮
和紅鞋女孩最終的歡樂
歡笑不止

歡笑成風
風在哥本哈根的四度空間迴蕩
在丹麥人的細胞間迴蕩
在我胴體和沒有柵欄的心房迴蕩

埃瑞克森和安徒生指尖釋放的催化劑
已然使哥本哈根的四度空間

跟我和丹麥人合體
可蘭經、佛經和 Bible 無需吟誦
歡笑是此地唯一的眞理
唯一的時空過客
唯一的居民

附註：

小美人魚銅像是丹麥雕塑家愛德華艾瑞克森（Edward Erikesen）於一九一二年根據安徒生童話並以其妻愛琳艾瑞克森（Eliline Eriksen）爲藍本，雕塑而成，置於丹麥哥本哈根市中心東北部的長堤公園（Langelinie）濱海處，成爲丹麥的象徵。

2017/6/30

魔術師

我們是一群台籍魔術師
把紙片往空箱一投
即刻變出一批老鼠和豺狼
觀眾席上爆出西洋人沖天的掌聲和尖叫

老鼠竄進我們的糧倉
吃光我們的餘糧
豺狼闖入我們的牧場
噬盡我們賴以養老的奶牛和奶羊

老鼠和豺狼吃飽喝足
竟也玩起了魔術，變出了法袍

穿上法袍，驚堂木一敲
把我們經過五千年淬鍊的靈魂
送進了死牢

喲，還好
西洋人仍在爲我們鼓掌
掌聲是魔術師的安非他命
沒有了餘糧、奶牛、奶羊和靈魂
我們有了安非他命
還好，還好

2018/9/12

天體讚歌

霧林裡，少婦在裸奔，往清溪
晨曦是來自銀河的畫家
應約穿過樹梢和薄霧
在她體膚上繪出躍動的燦爛
暗淡了徑邊花

少婦浴於溪中，溪生紅蓮
立於溪畔，則又霧綻桃花
孔雀爲她開屏，林鳥競相獻歌
微風在她身上輕抹幽蘭的清香

塵汙滌盡，心結荷露

她哼歌別溪，黑髮輕飄
在鳥兒啾啾的霧林中一步一步隱去

來到幽蘭之旁，展開笑容
人蘭如一
她皓臂前伸，微舉手機自拍
躍向雲端

2018/10/6

阿里山神木千年一嘆

阿里山高聳破雲
以日月為眸
晝夜俯瞰島上的詭異春秋

東洋的神社
怪誕地築在島上漢民的心上
漢魂如香炷
在頂禮膜拜中燒成灰燼

黃河滔滔水
曾從漢族兒女的內心
發出撼山的怒吼

衝破赤崁的城門
擊碎荷人的甲冑
而島上漢人的心
一旦墮落成鬼子的祭壇
黃河的怒吼，便被它異化成
朝向黃陵的詛咒

這島上春秋的詭異篇章
何時可以翻過？
四萬萬中華兒女的熱血
曾在青天白日滿地紅旗幟揮舞下
燃燒成降魔的熊熊烈火
將魑魅魍魎一舉逐出了中土
同樣的一面旗幟
怎麼就招不回島民的漢魂？

阿里山的神木在風中發出
千年未曾有過的嘆息
阿里山的日月遙望著
中山陵那個巨人的靈魂

2018/10/10

金廈新春煙花對放

金門和廈門
各有一扇門
拆下兩扇門
架成同心橋

七十載仇讎
心橋架成笑漢楚
八二三戰史
煙花一綻史成煙

金門和廈門
相向放煙花

同時慶新春
橋這頭恭禧
橋那端祝賀

（燦圓雙煙花
在金廈夜空融合）

金門和廈門
同臨一片海
曾有兩樣心
這邊叫反攻
那廂喊解放
此刻金廈人
用華為手機拜年
戰死的英靈
同飲金門高粱酒

璀璨的煙花
在金廈夜空拋鑽
一拋，再拋，還在拋

金廈的夜空
是新銀河的秀場
金人和廈人
成視覺盛宴的醉漢
一看，再看，還想看

附註：

二零一九年二月五日（農曆大年初一）晚上八時至八時三十分金門和廈門隔海相對，同時放煙花，同時慶新春，彰顯金廈一家親，令人欣喜，催人熱淚。

2019/2/8

觸景臥龍崗

佇立南太平洋之濱
彎腰捧起兩掌海水
數十億年的歷史
從八十歲老人的指間瀉下
繼續逐浪N億年

舉目遠眺
汪洋與太虛合體，海水與時間合流
轉頭右顧
海上億年岩壁，浪濤拜之
回首凝望
凱亞瑪百年燈塔，歲月懼之

我的手掌
是歲月之梭織成的兩片枯葉

折返臥龍崗雨林
海天不因叢林障目而渺小
時間不因萬物寂靜而止息
浪濤不因遙不可聞不擊岸
我的心胸，得如海天開闊？
我的呼吸，豈若時間不息？
我的心跳，可似浪濤永續？

仰瞻千年壯碩紅木
魯班的神壇從我心上塌下
俯視足下爬行之蟻
達爾文的靈魂在我收足時消失

附註：

臥龍崗（Wollongong）是澳洲新南威爾斯州東海岸的一座城市，離雪梨市南方約四十五分鐘車程，爲該州第三大城市，澳洲第十大城市，佛光山在此建有南天寺。臥龍崗之名是土著語，意爲「海之聲」或「美味的雨宴」、「水之彼岸」、「海之歌」。凱亞瑪（Kiama）是臥龍崗三個行政區之一，瀕臨南太平洋，風景秀麗，民風純樸，有一座建於一八八七年的燈塔，即凱亞瑪燈塔（Kiama Lighthouse）。

2019/3/16

白鴿縮翅

柏林圍牆倒下
伯恩斯坦揮出〈歡樂頌〉
把蘇聯的〈國際歌〉撂一邊
亞非的白鴿
展翅還休，一瞬間

禿鷹從北美飛出
爲亞非生靈捎來「上帝」的恩示：
「民主」是鳳凰，重生於烽火
自由選擇烽火或逃亡
逃往地球任何角落，除了
「上帝選民」北美安營紮寨的地方

歐洲碧空十二顆金色的星星
讓難民碼頭看到逃亡的方向
從此，海鷗啼覆舟
童稚在波心哭爹娘
餘生不斷湧向歐盟去
民也怨，官也慌
歐元消瘦旗憔悴
〈歡樂頌〉恐要成絕響

禿鷹仍將銜「上帝」的意旨去越洋
白鴿怎生展翅？
生靈還能逃向何方？

附註：

一、柏林圍牆倒塌未幾，猶太裔美國著名音樂指揮家倫納德伯恩斯坦（Leonard Bernstein）奔赴柏林指揮貝多芬第九號交響曲，以示歡慶。〈歡樂頌〉出現在該交響曲的最後一個樂章。

二、歐盟的旗幟由藍天和十二顆金色的星星組成。

2019/09/11

日月潭薄曉打坐

群山環抱一潭寧靜
一潭飄煙的禪
面對此潭，我欲削髮
把三千青絲交給清風
愛情還給伊人
心靈託付飄煙

鳥從天空飛過，花在眼前搖曳
管它什麼名稱、什麼形狀、什麼顏色
心靈已經融入飄煙，一切皆不可說

這寧靜的潭是一座天然禪寺

沒有建物、沒有青燈
沒有暮鼓晨鐘、沒有梵音
只有殘星、殘月和天籟
打坐此潭，我隱約聽到
達摩誦經的聲音從南朝傳來

飲一口潭水，沁徹肺腑
《心經》通體流轉
張開雙臂
和群山一起擁抱一潭飄煙的禪

2019/10/2

日月潭

它是地球耗時千萬年
用深山裡的四時雨露和甘泉
爲日月精心釀造的一潭仙酒

白鷺清晨從潭面飛過
徐徐移去保護佳釀的夜幕
一縷輕煙從潭中飄起
香醇頓時在我的心肺穿梭
太陽經過一夜的酣臥
半浸于潭中飲成醉翁
當雞鳴把千家萬戶喚醒
他即滿面紅光從潭中升起

讓五湖四海立現盎然生機

夜鶯黃昏從潭面掠過
一潭仙酒漸漸變成一條布滿星辰的銀河
天籟自銀河深處傳來
古廟的鐘聲娓娓爲我解惑
月娘經過一天的奔波
全裸于潭中喝成醉娥
當流星自夜空劃過
她便容光煥發從潭中升起
向長空放射其光芒與絢麗

可汲二十瓶日月品過的仙酒
備贈新冠疫後二十國峰會的首腦

屆時一聲雞鳴，流星劃過
生機將重現于人寰
月華將再耀于長空

2019/10/2

遊羅馬鬥獸場

這春秋之斧劈殘的蛋形秀場
曾經數百年上演
奴隸在猛獸和利劍下籲天的哀號
以及他們用血肉
爲王公貴冑與「自由民」製造的歡笑
如非開有可供奴隸籲天的天窗
這屠夫韋斯帕薌和猛獸背著朱庇特
合謀私設的這一處帝國天堂
斷已被奴隸的哀號引發的氣爆
炸成圖拉眞大帝的墳場

凝望蛋體的中央

我腦中的螢幕還原兩千年前
獸慾製造的悽愴：
面對猛獸和利劍
奴隸的血液在他全身的各個血管奔逃
當他在猛獸和利劍下慘叫
他爹娘的心電穿透蛋體堅厚的石牆
發來不安的問號
問號不及答，他的血肉已經
樂壞猛獸的饑腸
且令九萬王公貴冑與「自由民」
紛紛醉倒看臺上

鬥獸場上演的故事
是一篇讓人讀後
足以使大英博物館的地基下陷的史詩
是以奴隸的慘叫爲主旋律

始終縈繞在史學家耳際的
一首悲愴交響曲

突然，手機鈴聲響起
（臺灣選戰的新聞來了）
「喂，老趙，我告訴你……」那頭說
「老王，你說什麼？」
「那個傢伙的心臟被對手刺傷？」
「是呀，對手……」
「拿垃圾桶檢來的緋聞……」
「製成鐳射，狠狠地……」
「用口射中那個傢伙的心臟……」
「吐血了！」
「唉，更糟糕的是……」
「法官的驚堂木竟給他的婚姻……」
「你說啥？錯判了死刑？」

「是呀，『自由選民』的選票……」
「也給他的政治生命……」
「判了無期徒刑」
接著手機的螢幕顯示
臺灣的城鎮和鄉村
在鞭炮煙霧籠罩下
瞬間陷入迷茫
勝選政客的擁躉徹夜歡唱

遊客漸去，我踏著沉重的步履
獨自一人繞著巨蛋的石牆
尋覓西方文明藏在這兒的祕密
噢，它正是奴隸們
在哭叫和狂野的皮鞭伴奏下
用厚重的洞石砌就的
這個永遠不變的蛋形軌跡

始終繞著同一性質的基因在孵化
同一性質的故事在演繹
而石牆的殘缺
或許是春秋之斧
特意爲這個文明的未來埋下的伏筆

唉，斯賓格勒的那枝
撰寫《西方的沒落》之筆
怎麼就忘了走來羅馬鬥獸場哭泣

附註：

一、鬥獸場是西元七十二年由羅馬帝國皇帝韋斯帕薌（Vespasian）下令興建，歷時八年建成，咸認是古羅馬文明的象徵。其形狀，立看，呈正圓形；俯瞰，呈卵圓形，主要建材爲洞石。西元一百零七年，圖拉眞（Trajan）大帝爲自我表彰征服強敵達契亞（Dacia）的彪炳戰功，特下令在鬥獸場舉辦爲期一百二十三天的慶祝活動。期間動用一萬一千頭猛獸和一萬個奴隸角鬥士進行人與獸的徒手搏鬥和人與人間的廝殺；徒手的奴隸在王公貴胄和自由民的歡聲笑語中被猛獸撕裂、啃噬，場面極端殘忍。而帝國元老院鑒於圖拉眞的對外征戰使羅馬帝國的版圖得到空前的擴張，特決議頒給他「最佳元首」的稱號。

二、朱庇特是古羅馬神話中統領神域和凡間的眾神之王。

2019/12/5

及老始上阿里山

在我童年的時候，聽說
妳的澗水比母親的乳汁更清甜
　可惜我脫離不了母親的懷抱
無緣化成妳澗邊的樹苗

在我成年的時候，聽說
妳的山花比少女的臉蛋還清純
　不幸我錯選了少女
無緣化成妳傳播花粉的蜜蜂

在我中年的時候，聽說
妳的雲海比熟女有韻味

可恨我沉迷於熟女
無緣化成匹配妳雲海的勁柏

在我白髮蒼蒼的時候
少女對我搖頭
熟女問我的金條有多少

嗨，阿里山，我終於來了
我要做妳泉石的老伴
請月兒爲我們張燈
牽牛花爲我們結彩
我還要到妳神木那兒去取經
請閑雲爲我開釋

2020/4/15

心靈玫瑰

當妳蓄電十八載的青春之晫
閃擊我青春悸動的心房
愛情的宇宙便因觸電而爆炸
紅玫瑰的種子由是在我心園的土壤播下

種子爭相成苗
紅玫瑰的苗經由我瞳人的朝暉
投進妳因久候而爭相隆起的心園土壤

紅玫瑰的苗在妳的心園競成灌木
競相含苞，競相綻放，競相炫紅
這紅是鴛鴦血液的紅

是情人節情人血液的紅

一個春陽撩花的早晨
郵差遞給我一封用北極之血寫成的快信
妳爹娘說：
這些使妳的青春比春天還要春天的紅
已經轉化成
妳大一成績單上的科科赤字
轉化成
他們日記本中的滴滴泣血
妳必須封園，我必須止步
妳的心園永遠沒有我耕作之處
妳若不封園，我若不止步
他們必把泣血注入妳的心園形成冰河
徹底冰封所有的玫瑰

我向妳哭訴：
妳爹娘的快信
是橫在妳的明眸和我眼球之間的球體
愛情天空的日食，恐難消失
愛情高峰的寒夜，或無止期
少了妳陽光的指引，我如何勇敢登頂？
妳以萬般玫瑰的手掌輕撫我的臉頰說：
在華格納婚禮進行曲中前進之路
是妳我瞳人的電光交會而成的心橋
妳要我的瞳人等妳三載
等妳走完羅斯福路四段
再來妳瑰麗的心園交會
妳還說：妳要因此封園三載
會適時寄給我開鎖的密碼
讓我的瞳人奔入妳花香四溢的心園
不再苦待

三載是愛情沙漠的旅程
空茫而孤寂
妳的信是吸引我堅定前行的綠洲和甘泉

旅程已盡
不見綠洲，不見甘泉
我日日眺望
眺望郵差來時路
我的眼球因眺望而突出
我的雙腿因眺望而變長

郵差終於現身，身著綠衣
但他說：他不是綠洲，更沒有甘泉
妳的信已被妳爹娘截獲，把密碼更改
交給了他們選擇的殷商

在妳和那般商婚禮的教堂
妳我的瞳人終於交會，用淚光
用淚光交會於佈滿血絲的眼眶
然後妳把一朵一朵的玫瑰從心園投出
投進我灌滿淚水淌滿血的心房
這血比妳心園的玫瑰還紅
比妳手捧的玫瑰更紅
比那般商的誓言清晰

遂照妳瞳人發來的密電
從心房揀選九十九朵血染的玫瑰
紮成一束，放進情詩作坊不朽的寶庫
待妳我百年之後的情人節
再由妳我各自的後人共同取出
一起供奉於我們相鄰的兩墓之前
妳我必能因此順利牽手

剎那轉世，轉世至愛情的涅盤
不再有日食，不再有寒夜
不再有沙漠

附註：

臺灣大學位於臺北市羅斯福路四段。

2020/5/20

我的端陽節日記

我把國文課綱剪成粽葉
　投進汨羅江
粽葉被龍舟的快槳划破
我把歷史課綱折成信鴿
　飛向中山陵
信鴿被驚雷的巨響轟落
我把形似臺灣地圖的一片粽葉
　緊緊繫在狀如雄雞的粽子上
待粽子熟透，和粽子一起飄香

2020/5/23

畢克羅夫特半島海域賞海豚

傑爾維斯海灣的遊艇
載著一船滿腦海豚的遊客
以三十節的航速
甩開海灣兩岸的景物
衝破一座座湧動的湛藍水丘
駛進一處處海豚的天然秀場
滿腦的海豚
對應上了滿海的海豚
滿船的遊客
頓時用尖叫釋放人類最原始的興奮
表達人類最原始的讚歎
作出人類最原始的敬禮

尖叫激勵著海豚一飛沖天，翻騰，俯衝，潛泳
一再沖天
一再翻騰
一再俯衝
一再潛泳

海豚突然從船下穿過
剎那沖天，噴水，灑向遊客
逗得每一個遊客的心
都變成了笑淚的海洋
都變成了海豚的另類秀場
任由牠們從淚眼遊進
任由自己的靈魂帶領五臟六腑
暢享牠們的演技
暢享牠們那種
無拘無束的沖天

無拘無束的翻騰
無拘無束的噴水
無拘無束的俯衝
無拘無束的潛泳

遊艇回港
船上塞爆了笑談海豚的聲音
鄰座的小女孩
突然躲在媽媽的懷裡
爆出現代人都有的痛哭
痛哭她一周前死去的小狗
痛哭牠無緣和自己一同歡樂

回到旅館大廳
電視牆正播放美國白人警察
對黑人暴力執法的新聞

白人警察蕭文
把黑人男子佛洛伊德
結實地按在地上，並且
用左膝蓋緊緊抵住他的脖子
佛洛伊德呻吟：「I can't breathe.」
二十次呻吟換來的是窒息和死亡
陪同執法的三個白人警察
站在一旁，表情冷漠

在旅館大廳
海豚繼續被遊客興奮地談著
小女孩仍在爲她的小狗哭著
遊客被小女孩的哭聲感動
紛紛表示願意送她一條可愛的小狗
但無人談論佛洛伊德的死亡
無人爲他的死亡

掉下
一丁點兒眼淚

但，小女孩，還在爲一隻小狗的死亡
哭著，哭著，哭著……
遊客，還在爲海豚無拘無束的嬉鬧
笑著，笑著，笑著……

附註：

畢克羅夫特半島（Beecroft Peninsula）位於澳洲東海岸新南威爾斯州（New South Wales）的傑爾維斯海灣（Jervis Bay）。該海灣每年五至十一月可以賞鯨魚、海豚和海豹。

2020/5/26

我家桃樹傲秋冬

秋娘，妳儘管嫉妒
儘管把她一身翡翠化爲枯葉
任西風掃落，隨風飄逝
只要她結交底土
就必能再添年輪
當春風悉她桃紅新豔，必來和她約會
待夏風知她華裳更翠，肯定給她熱吻

冬佬，你儘管霸淩
儘管在她形槁魂隱的赤體上用刑
呼北風刺她，喚冰雪凍她
只要她冬蛇守拙

就必能再添年輪
當春風悉她桃紅新豔，必來和她約會
待夏風知她華裳更翠，肯定給她熱吻

秋冬喲
你們再怎麼嫉妒，再怎麼霸淩
也就痛快一季
當春風悉她桃紅新豔，必來和她約會
待夏風知她華裳更翠，肯定給她熱吻

秋娘，妳無法與她爭春
冬佬已把妳放逐
冬佬，你哪能跟她同浴夏暉
春風已將你攆走

2020/9/11

自由女神

巴特勒迪，這個愛雕塑的法國癡漢
竟暗戀起了古羅馬帝國的自主神
且在暗戀的第一天
就竊取了她靈魂中的一個卵子
用他的雙手，耗時十一年
於一八八六年十月
在紐約港內的自由島
孵出了妳，自由女神
「山巔之國」的代言人

妳面向大西洋
右手高舉自由的火炬

左手緊抱獨立宣言
頭冠射出七道環形的光芒
向七大洲炫耀自由的風尚
妳足下的基座鐫刻著
女詩人艾瑪代妳寫下的福音：
凡饑餓的、長途跋涉前來尋求自由的
都可投入妳的懷抱

但請妳告訴我，為何艾瑪當年
沒有代妳為幾遭白人滅絕的土著
寫下悼念的詩篇，鐫刻在妳基座的背面？
為甚麼「山巔之國」
當初不在妳的基座安裝一個轉盤
給妳轉身的自由，讓妳可以看到
原住民在「上帝選民」槍口下
交出上帝「應許之地」後

長困在密西西比的圈地裡
與喜鵲同聲哀鳴
跟密西西比河一道流淚？

妳的僵化
雖然不能讓妳轉身看到
但妳應該還可聽到
在妳身後
非裔美國人生命的價值
正在白人警察的射殺中
爆出崩盤的慘叫

妳說妳的懷抱可給人以溫飽和自由
但請問在妳身後
夜宿騎樓，日出翻垃圾桶覓食的黑人
能否窩到妳的懷裡

吸一口生命的乳汁，進入自由的夢鄉？

妳雖是「山巔之國」的代言人
但白宮那廝
卻嫌妳嘴不能言，腿不能越洋
他以導彈為載體
將「自由民主」的激情和張力
射到中東和非洲
炸出一條一條「自由民主」的洪流
成千上萬的普羅大眾
原在椰棗樹下，金稻田裡
樂享棗甜、稻香
如今卻因無疆洪流而逃荒
稚老陳屍海灘，少壯在難民營病亡
善鬥的政客
則為遠在「山巔之國」的自由民

上演羅馬鬥獸場同質的廝殺競技
哇噻，自由女神
妳代言的「山巔之國」
原來有羅馬帝國的荒唐

抱歉了，「山巔之國」的自由女神
妳靈魂卵子的基因排序
已經被我吃透
我要對它進行徹底的基因改造
並且以我一雙刻過〈禮運大同篇〉的手
在泰山孵出一個非常不一樣的自由女神
此後妳的光環若依舊能對我閃爍
我仍會看妳一眼
（我已身處泰山
不得不對妳俯視）

但不要以爲妳能使我產生巴特勒迪那種
至死不渝的浪漫心跳

2020/12/31

老護士職業生涯的最後一夜

——首次值班醫院育嬰房

一、神思

她在想：
「如果要我書寫中華文明的故事
我得用太平洋一整洋的水來磨墨
而書寫希臘，用愛琴海，太浪費
書寫埃及，用紅海，過量了
書寫美國，用一湯匙密西西比河的水
都嫌多

我還沒遊遍龍之大地的博物館院

閱盡歷朝歷代的山高水深
就已經看到
有白頭鷹無法飛越的高峰
有海狼不能到達的海溝

如果要我預製
中華文明未來待繪的空白畫卷
我得先瞭解地球還有多長的壽命
從地球遷徙到其它宜居的星球
需要飛多少光年」；

「我曾多次在市集聽說書先生
散講中華大地某朝某代的演義
每回聽到熱血兒女令江山化冰回暖
使華夏重見鑼鼓戲春
讓神州再現煙花夜鬧銀河

且助力中華文明展其大鵬之翅
飛上又一個高峰
總能觸動我的心弦
奏起讚歌，響徹肺腑」

二、撫嬰

看著黃金年代誕生的一眾嬰兒
她用熱切的眼神向他們詢問
成年之後，他們能不能
將親娘餵過的滴滴乳汁
化成巨量的熱能
推動中華文明續登高峰？
能不能在中華文明未來的畫卷裡
成爲重彩濃墨的圖像
觸動後人的心弦，奏起讚歌
響徹大江南北、七洲五洋

響徹長長的畫卷？
她輕撫每一個嬰兒紅潤的臉頰
獲得一個又一個笑容
探得一股又一股暖流
她看了一下手機的氣象預報
知道明早又將迎來晨曦的光芒
她再次逐一撫摸嬰兒的臉頰
笑容不變，暖流依舊
她熱淚泛光
照得醫院內外一片江南

三、**臨鏡**

佇立鏡前，以手指細觸
自己臉上的寸寸皺紋
她很滿意地笑謝光陰爲她完成一個
意涵豐富，值得後進護士品味的雕像

渾圓的明月映入她的眼簾
進入她四十年職業生涯的最後一夜

附註：

白頭鷹是美國的國鳥；海狼是美國下潛最深的攻擊型核潛艇，深度可達六百一十米。

2021/1/4

未能佩掛的翡翠胸墜

這個刻有我倆名字的心形翡翠胸墜
緊貼我心，等妳歸來
等妳披上婚紗，把它佩掛

日日等妳，夜夜等妳
鴻雁已經駕著春風重歸故里
燕子也在舊巢笑談異國風情
妳的歸期難道是用光年算計？
太陽朝升又夕沉，朝升又夕沉
等妳歸來的希望隨它朝生夕滅
我和胸墜互訴心寒，在烈日下

等妳太久，一等就是十年
等妳，在吻別的老槐樹下
等妳溫暖的胸，熾熱的心

吻別時妳對我說
妳要去登聖母峰，最後一次
妳要登頂，然後會安全歸來
佩掛這翡翠胸墜，披上婚紗
和我一道共登愛情的高峰
妳還說，一份完整的婚約
在我倆的臉頰脫離接觸時
已經鐫刻在我倆的紅唇上

妳知道不？
水塘的一對鴛鴦
已經兒孫滿塘

荷池的兩株蓮花
也已經衍生滿池紅蓮
妳在那兒？
我在等妳，心貼胸墜，手托婚紗
婚約已經鐫刻在我倆的紅唇上，記否？

「妳未能登頂
墜入深谷，和冰川合體」
妳隊友的淚水彈在地上
哀奏悲歌，在我面前
可在我頭上
雲淡天藍
和風在輕吹別樣的歌曲
妳隊友的淚水鐵定是敲錯了鍵
我聽不懂這首悲歌
聖母知道我在等妳

不會把妳送作堆
（聖母不窮，冰川也祇愛冷豔的白雪）
妳雖是不慎失足
但妳的心極熱，被我點燃的愛火正烈
足可把冰川熔化成河
讓妳遊回我的身邊
披上婚紗，佩掛這翡翠胸墜
婚約已經鐫刻在我倆的紅唇上，記否？

一等就是十年
天天等妳，在吻別的老槐樹下
我的臉已經有風的刻痕
很深很深
地已經烙上我的足印
很深很深
當地在收集落葉，一片一片

也在收集我的白髮，一根一根
同時收集我的淚水，一滴一滴
而兒時在老槐樹下
妳扮新娘我扮新郎的嬉戲
在我眼前一再閃現
妳知道不？
我的白髮和念珠上的指紋記載著
我三千六百五十個日夜的思念和祈禱
婚約已經鐫刻在我倆的紅唇上，記否？

該死的風，怎麼老是
向我吹送妳的哭泣
杜鵑怎麼老是
在黃昏時悲鳴
烏鴉怎麼老是
在樹上聒噪悲劇、悲劇

唏，老槐樹偏偏又在幾天前圓寂
我還怎能不信
不信妳隊友的淚水彈奏的悲歌？

就在老槐樹下築一個衣冠塚
把這個胸墜和妳待披的婚紗
連同我全部白髮，一併入土
塚前有妳喜歡的
玫瑰和百合
以及從我心中噴出的
幾灘鮮血
還有妳消瘦的爹娘和狼犬
不停的哀號
而淒風漫漫，輓歌悠悠，催我泄淚
（妳的哭泣依舊漂泊，在淒風中）

月殘了還有再圓的時候
我們的婚約被聖母奪走了一半
永遠封死在冰川
再也無法圓滿如月亮
妳的婚紗和胸墜既已入土
那我就上普陀山披著袈裟入空
請不要唆使淒風模糊我的視線
不要驅使苦雨淹沒我的去路
我愛聽那兒的鐘聲
（鐘聲響處，萬物沉靜）
愛看那兒的大海
（夕陽沒海，諸念寂滅）
妳的哭泣當可在那兒止泊、安息
淒風當無法在那兒催淚
那兒有個法名等我取，等了
整整十年

我的步履將不再令地塌陷
腳將會在那兒烙上一雙
無色的空印
我的雙唇和念珠上的指紋
將只記錄
般若波羅蜜多心經

2021/05/22

騷人頌

——寫在端陽節

汨羅江悲憤一跳
將自己在宦海多年的浮沉
縮短成一瞬幻影
把楚懷王父子短暫的王位
拉長成千古罵名
這一跳
濺得神州滿地離騷
響徹長空萬里天問
這一跳
跳進華夏文明的內核

長領風騷萬萬年，屈原

歷代騷人多有屈原的魂魄
當君王賜之以朝服
騷人輒在朝中高誦離騷的新辭
佞臣爲之驚怵，昏君爲之震怒
秋風若沒有飄來騷人的輓歌
遙遠蠻荒便是他殘生的歸宿
遠貶蠻荒的騷人
用詩把國土潤透，將山川染綠
向歷史送出明君可用的藍圖

千家萬戶粽香嫋嫋的時節
當槳擊出水花，龍舟在江河昂首前行
心繫社稷的騷人寄託的一船沉重憂情
便在鼓聲和槳手的吶喊中送向蒼天

舟到江尾，迎來大展帝王心胸的海洋
海上藍空燦爛的陽光是蒼天燦爛的筆
在每個槳手仰天的臉上
書寫騷人渴望得到的回音

2021/06/14

致 F.W.

妳曾用妳愛的目光
　劃破我人生的漫漫長夜
讓它露出燦爛的曙光

妳也曾用妳熾熱的櫻唇
　熔化我心靈的冰川
令它激越奔騰

妳還曾用妳甜美的情歌
　喚回我流浪的靈魂
使它在妳溫柔的懷裡酣臥

在多年失去妳音訊後的昨天
當我茫然步入一條陌生的巷道
一幢陌生的豪宅傳出一串熟悉的聲音
原來妳躲著我爲別人唱著甜美的歌曲
我攀牆探望
赫然看見妳正用妳的皓腕輕推搖籃
並把妳愛的目光投向妳新生的嬰兒

我奔入數里外久違的幽徑，哭倒在地
夕陽下我們常在這兒牽手漫步，從前
如今我的人生再度陷入漫漫長夜
我的心靈再度凍成不熔冰川
我的靈魂再度流浪

世上再也沒有任何目光
　能夠劃破我人生的漫漫長夜

再也沒有任何櫻唇
　可以令我的心靈冰川激越奔騰
再也沒有任何情歌
　得以喚回我流浪的靈魂

我的心湖仍在，但已徹底枯竭
妳的目光、櫻唇和情歌縱使再度來襲
也無法令它再度產生愛的漣漪
除非妳先給它注滿妳三生的哭泣

2021/6/22

尋外星人

九重天外
不知何方迪斯耐兄弟
抓一批塵礫撒向夜空
就爲地球人上演一場童話世界的流星雨
那我們就繼續發射星星
回報他們一條新奇的銀河

上帝，請告訴我
他們是地球人的外星兄弟
還只是我的一個幻覺？
抑或他們就是您？
爲何地球人在浩邈宇宙中

如茫茫沙漠前行的孤商
只聽得自己駝鈴的聲響？
您是否允許太空站上高聲播放
八十憶地球人的盛大合唱——
〈外星兄弟，伴我同行〉
讓這呼聲在河漢迴盪
直到外星人和地球人的十指緊緊相扣？
爲這相扣，我願久等
若三生不夠，我當一再輪迴成人
縱使每一次輪迴都是一大試煉

昨夜夢中，您給我神示：
「宇宙曾存在兩種通用語言
一是戰爭，一是和平
戰爭語言在外星各族或者已經消失
或者已是穢語

未料地球還在通行
用炮聲跟外星人對話，不是相視茫然
就是令他掩耳」
那就請您授我一根指揮棒
讓我指揮八十億地球人高歌
〈外星兄弟，伴我同行〉
使這歌聲在太空站上高聲播放
在浩浩銀河迴盪
讓星、地兄弟早日結隊前行
讓地球人在茫茫宇宙中
不再只聽得自己駝鈴的聲響

2021/7/28

宇宙絲路夢

上帝，請賜我一把宇宙的鑰匙
讓我開啓宇宙的大門
築一條宇宙的絲路

絲路上帶隊的
將是鄭和永恆不變的靈魂
絲路隊長手握的權柄
將是毛筆，而不是
鋒芒刺目、殺氣奪心的利劍
印第安人被種族滅絕的悲劇
將不會在銀河上演
中國人被炮艦逼買鴉片的歷史

將不會在星球重現
非洲生靈被迫爲奴的悲歌
將不會山寨于雲漢
地球商隊爲外星人展示的
不是硝煙和毒品
而是熊貓和各國文明的瑰寶
商隊的太空船還將承載
八十億地球人結交外星朋友的吶喊
以及地球人百萬年來
仰望星空所積壓的問號

上帝，我向您保證
〈世界大同〉一定會成爲
宇宙流行的中國民謠
銀河之濱豎立的將是布衣的媽祖
而不是赫德遜河上的「自由女神」

您永遠不用
爲賜我一把宇宙的鑰匙而懊惱

2021/8/14

人生是戲

這個世界
處處是舞臺，時時都有戲
每一個人
都是各自舞臺的主角
也是他人舞臺的配角
且是台下看戲的觀眾和名嘴

如果可以
我希望只做一個貪婪的看客
戴上一副仿造上帝之眼的眼鏡
同時觀賞每一個舞臺演出的戲碼
每一位角色展現的演技

即使大多時
我會禁不住邊看邊哭泣
可惜每一齣戲
都是在主角失去知覺時落幕
這令台下隨即響起的哭聲，掌聲或罵聲
顯得多餘

如果可以
我要山寨一管莎翁的妙筆
將當今人生舞臺上的萬種悲劇
改編成萬種《仲夏夜之夢》
讓每一個後人擇一演出
各自當個喜劇人生的主角
且在失去知覺前謝幕
也讓每一個後人知道
他的《仲夏夜之夢》

即使穿插一兩個噩夢
也不過就是他戲劇幕間的過場
而三四片烏雲
祇是他舞臺上漫漫藍天的點綴
喜劇如果太單調，觀眾會流失
沒有觀眾的喜劇
是演員的另類悲劇

2021/8/20

春雷過後

春雷一聲擊
癱瘓今人靈魂的載體——
這手機、電腦與電視
我的靈魂應聲出竅
回到久違的故里——
這被春雨渲翠染紅的大地

春雨在窗外
下著杜甫的詩，東坡的詞
我伸手去觸雨，觸到千年之外
仕途上這兩個風雨中瀟灑的靈魂

雨歇風不止
想起東坡醉後曾欲乘風歸去
逍遙天上宮闕
我的靈魂此刻卻是馭風駕雲
遨遊萬里長空
在虹橋上漫步，在晚霞中穿梭

這電視、電腦與手機
是會作爲現代文明的陪葬
還是嫁接未來，續造文明的輝煌？
「干卿底事」，風對我說
「儘管逍遙」，雲對我說

2021/9/11

幸與不幸

閑坐澗邊弄笛
觀三、兩鯰魚舞尾漫旅
野果連連墜水
水聲聲聲清脆
遠方的大馬士革
日夜炮聲隆隆
土耳其海灘
有敘利亞難童的伏屍
他們的人生是一條畫不成的延長線
（野果生生不息，我則年逾古稀）
噓，我要執一把刀
深深刻下一批戰犯的名字

在恥辱柱上

打坐老榕樹下
見幾片黃葉緩緩飄落
遙遠的喀布爾，炸彈轟下
被毀的大巴有六個幼童的屍體
他們的人生又是一條畫不成的延長線
（老榕蒼勁，我年八十）
噓，我要再執一把刀
重重刻下又一批戰犯的名字
在恥辱柱上

路過一幢塵封的老宅
南半球寒夜愛講慘事的淒風向我訴說
塵封的老宅永不塵封的悲劇：
年輕夫婦的初生女嬰

多年前命喪搖籃——
被自家的愛犬突襲、狂噬致死
只剩殘骨、鮮血和毛髮
（唉，她的人生
連一個小小的點都無法完成）
夫婦發現，刎頸自盡
踏著血泊走向黃泉
這惡犬在動物收容所日夜有人垂眷
關塔那摩監獄的囚徒不要問我爲什麼
我比你們還要困惑

八千公里外，CNN 在喀布爾機場
錄製大逃亡——
成百的兒童在跟大人搶登飛機時
被亂腳踩死，他們的人生
也是一條畫不成的延長線

阻絕難民的槍聲，聲起人亡
機場外十萬擠不進去的穆斯林
朝麥加祈禱，祈禱未了
英國士兵已帶領百條流浪狗魚貫登機
戰火中的孤兒在爹娘淌血的屍體旁哭啼
他們的人生恐又是一條畫不成的延長線
噓，我還要再執一把刀
使勁刻下這個英國士兵的名字
在恥辱柱上

喂，你們這些戰犯
人的世界不是你們的狩獵場
別老拿人肉來填飽你們精神的饑腸
有種就到珠穆朗瑪峰跟我決鬥
若我敗，我當屹立於峰頂
凍成永恆的冰柱

爲迷失和平方向的人類
提供尋找出路的定位
若我勝，我將在銀髮飄揚下
用一雙太極掌
痛快地把你們打入十八層地獄
你們如僥倖逃出，輪迴成狗
我不會介意，儘管我知道
狗在主人的懷裡
總能在人前展露牠王公貴冑一般的眼神

附註：

關塔那摩監獄關有許多證明並非恐怖分子的無辜者，但他們長期被關在獄內，不交付法院審判，日日遭受酷刑，過著人不如狗的生活。

2021/10/8

謝謝妳，春天

——寫在澳洲疫情受控之後

春天以她四處怒放的鮮花
噴發醉倒八域的芳香
德爾塔毒株醉死了，不再造次

南太平洋的巨人
從七百萬平方公里的病榻起身
開懷迎接春天情人送來的
九十九種盛開的玫瑰

春風聲聲溫柔

造訪曾經重門深鎖的千家萬戶
輕撫每個留有口罩傷痕的面孔

和煦的陽光召喚人們到戶外盡情呼吸
盡情吶喊，令一腔憂悶消亡於浩邈宇宙

學童衝進解封的校園
用笑鬧演繹春天的聲音
滾滾車輪爭搶有限的車道
奔赴幾乎生銹的工廠
復航的飛機與候鳥互懟
斥責對方擅闖自己的航道
遊人重返青山和碧海
用相機傾訴三年的思念
達令港酩酊饕客的靈魂
再度乘著海鷗的翅膀翱翔

坎培拉的白鴿跟北美的禿鷹爭吵
說自己是春天的使者
要飛去中國傳遞友誼的書簡

謝謝妳，春天

2021/10/26

少小別離老大聯

——致小學同學閻振瀛大師

當離別的最後一滴酸淚
隨〈青青校樹〉的最後一個音符落下
我們便背負恩師用淚水投放的百年期盼
踏入蒼茫大地

大地響著您的跫音
由弱而強，在七大洲迴盪
也烙上了您的足印
由小而大，在地表上擴張
這跫音，這足印

是這個星球文明的特殊符號
我們的恩師在羽化前的一刻
肯定已經爲此淌下她最後的一滴熱淚

熱淚也許已經蒸發
您的足印或許會有一天
隨同地球在浩瀚的宇宙中灰飛煙滅
但永恆的雲端
已經闢有您跫音與足印的專館
鄰館畢卡索的老吉他手
正在爲您的大地之舞彈奏舞曲

我的足音，我的腳印
一直微弱，始終很小
這是上億人都有的千萬年不變的故事
這故事，北斗和 GPS 都無法感知

雲端更沒有它的痕跡
但您說您聽到了，也看到了
而且還時常，尤其在前夜
想念我當年的「童話」

是什麼樣的神奇
把您的思念置入我的手掌
令它在穿越一甲子的風霜之後
闖入臉書觸到您的足印
隨即從萬里之外的大洋洲
拿起電話，讓您重又聽到
沒有被六十年的滄桑篡改的「童話」？

我的「童話」，我的後代愛聽
您的兒女應會和您一樣，也愛聽
但願他們的生命和雲端一樣永恆

讓我的「童話」也有一個永遠的家
在他們心上

附註：

一、本篇篇名〈少小別離老大聯〉是唐代詩人賀知章〈回鄉偶書〉名句「少小離家老大回」的轉換。

二、〈老吉他手〉是畢卡索最有名的七幅畫作之一。

三、〈大地之舞〉是閻振瀛大師非常受人推崇的諸多畫作中的一幅。

2021/11/15

不要問我悲不悲

當殘花飄零、父母羽化時
不要問我悲不悲
我不是古代多愁善感的詩人

時間是條沒有終點的無形之川
大江欲與時間合流
但大海是它高歌奔騰的終點
花和人不是有終點的大江

時間飛行永不歇息
浮雲想做時間永恆的伴侶
但雨點是它夢想的句點

花和人不是有句點的浮雲

時間是條無限伸展的延長線
當殘花飄零、父母羽化時
不要問我悲不悲
我不是古代多愁善感的詩人
只要花的種子落地
只要精子和卵子結合
花和人都必衍生出
有生命的N個有代際的點
N個有代際的點都必串連成一條
和時間重疊，沒有末端的延長線
每一個點就都是先輩生命的延長
飄零不是歸零，羽化不是消亡
而是宣告
生命延長工程的完美收官

當殘花飄零、父母羽化時
不要問我悲不悲
他們不會像大江哪樣
在大海斷流
也不會跟浮雲一般
不得不在天上掉淚
他們是時間長河上
不會蒸發的水
在不斷擴張的宇宙中
不停地奔流

不要問我悲不悲
我不是古代多愁善感的詩人
不是鼓盆而歌的莊子
不是細說輪迴的佛陀

我是時間長河上
吹奏生命長歌的號手

附註：

據《莊子》書中〈至樂〉一文記載，莊子在妻亡故時，不但不哭，反而鼓盆而歌，以慶其妻回歸自然，回歸到她生前在自然界中本就無身的境界。

2022/01/13

武陵山中的思念

夏日正午的太陽
慵懶了我隱居的整座山林
每棵樹的樹葉都在微風中打盹
鳥獸也在瞌睡，不再聽我哭泣
只有山溪還醒著，不斷呻吟
呻吟我對妳長達五十九年的思念
日日夜夜

六十年前
我們曾牽手於這座山林的這條山溪
涉水找到那一對人們傳說的鴛鴦
鴛鴦相依，就像妳我相握的手掌

傳遞彼此心中釋放不完的情意
妳對我說
妳要讓我隨時依偎在妳的懷裡
如同沙石躺在河床享受水的撫摸
誰知第二年乳癌就奪走了妳的生命

第二年
我來到這座山林隱居
孤獨一人涉水於這條山溪
鴛鴦已經分飛
我下意識伸出手掌，想牽妳的手
卻觸到一股冷冷的風
河床的沙石仍在驕傲於水的撫摸
而妳已不可能讓我依偎在妳的懷裡
感知妳的血液爲愛奔流
聆聽妳的心臟彈奏情歌

猜妳的纖指在我臉上畫鴛鴦
書寫綿綿的情意

每到晨昏
這山就會依戀在日月溫暖的懷裡
但我只能對溪垂淚，聽它呻吟

我所有的親情和友情
都在這青山綠水花鳥蟲魚中寂滅
就是寂滅不了對妳的思念
寂滅不了妳的倩影

但願地下的妳，在悠悠歲月中
最終能聽到我的哭泣
聽到這山溪幽幽的呻吟

2022/03/23

觀瑞士琉森市垂死的石獅

插在你身上的斷矛
是不是人類命運基因的密碼？
你張口無語——是佛曰不可說？

但你臉上的哀傷
是再清楚不過了
它是人禍給受難者標記的圖騰
當四方來客佇立在你面前
尤其是有奴隸恐懼症的非洲人
和對鴉片戰爭心有餘憤的中國人
肯定能從這圖騰穿越時空
看到人禍在他們祖先面孔烙上的印記

而他們不確定
這個印記何時會烙在自己的臉上
我低頭沉思，看到地上
處處是他們眼淚落下的痕跡

鐵力士峰終年蒼白
萬物之靈怎麼也亙古哀傷？
請許我在你身下打坐
就如佛陀打坐於菩提樹下
但我無意也無能像佛陀一樣成佛
我只想讓我哭泣的靈魂
進入你身上的斷矛
破譯你無法言說的密碼
以改變人類命運的走向

附註：

一、琉森／盧塞恩分別是法語 Lucerne 和德語 Luzern 的中文譯名。它是瑞士中部盧塞恩州的首府，也是瑞士的一個重要商貿和旅遊城市，湖光山色，風景秀麗。垂死獅子被雕塑在市郊一處小公園内的岩壁上，用以紀念法王路易十六的一千一百多名瑞士雇傭軍在一七九二年八月爲保衛其巴黎杜伊勒麗宮（Palais des Tuileries）免遭革命黨人占領而英勇戰鬥的事蹟。在戰鬥中，有大約二十六名軍官和七百六十名士兵戰死或被俘後慘遭屠殺。這一雕塑是由當時在琉森休假，未參與戰鬥的軍官卡爾普菲費爾（德語 Karl Pfyffer Von Altishofen）在一八一八年倡議及募款籌建，委請著名丹麥雕塑家巴特爾托瓦爾森（Bartel Thorvaldsen）設計，交德國石匠盧卡斯阿霍恩（Lukas Ahorn）在一八二一年刻成，被已故美國大文豪馬克吐溫讚譽爲最哀傷、最感人的石雕。

二、鐵力士峰（Titlist）位於瑞士上瓦爾登州（Obwalden）中部，距恩格爾貝格村（Engelberg）約一個半小時車程，是阿爾卑斯山脈的一部分，最高處高達海拔三千二百三十八公尺，終年積雪，冰川不融，爲著名旅遊勝地。從琉森搭火車前往恩格爾貝格村需時四十五分鐘。

2022/4/12

HELVETIORUM FIDEI AC VIRTUTI

緣

微塵無名，互不相識
飄浮於空茫，千年，萬年，萬億年
聚合成星，而星河
而光芒絢麗
問：誰是推手，在浩瀚宇宙？

人類有名，日久相識
同居於地球，千年，萬年，百萬年
造物廝殺，先石器，而刀劍槍炮
而血染大地
問：誰是推手，在浩瀚宇宙？

我向教堂與寺廟求答案
教堂飄燭煙，寺廟飄檀煙
我在煙中入，又從煙中出

我到深山找答案
沿山溪徘徊，見野果墜落
濺出水花，再生漣漪
我得到答案

我將裝有徵友信函的透明塑膠瓶
投入溪中，隨溪水漂流
管它漂入大江大河，抑湖泊海洋
就任它漂流
看它能否在百億雙手之間流轉
在百億個心湖上產生漣漪
看它是否如浩瀚宇宙的微塵

流轉成人類心靈光芒絢麗的星河
而不是烽火與硝煙
就任它漂流
百萬年也罷，萬億年也好
就任它漂流

2022/4/19

觀臺灣碧潭2018年水舞秀

水柱飆舞，飆舞，飆舞
爭高，爭高，爭高
炫舞姿，比高低
落下時，同是泡沫
一片淡淡的浮雲
在水柱上空稍停後飄去

飄去遠處的墳山
墳墓有大小，級別有高低
墓碑上的名字
有的老幼皆知
有的只留在親人的記憶

墳墓裡頭，同是白骨

水柱的舞姿和高度令遊客聲聲驚嘆
而我只望著天空遠去的浮雲
看著水柱落下變成的泡沫
想著墳墓裡頭的白骨

浮雲、泡沫和白骨
從百萬年前智人走出非洲的那一天起
就給人類上課
不知何年何月何日是最後一課
也許永遠沒有最後一課
也許地球將是一個空無一人的教室

2022/4/25

鎖灣平湖戀微雨

鎖灣是平湖的深閨
深閨的平湖仰望天空
渴望著情人的約會
深怕愛情只剩相思
日久乾涸

白雲飄忽
是個玩世不恭的過客
觸動不了平湖的芳心

太陽剛烈
是個不解你儂我儂的莽漢

只曉得給平湖製造無法忍受的煎熬

流星性急
一踏上尋芳的旅程
就開始濫情
未達湖面已燃燒殆盡

微雨飄逸
情話如絲，絲絲撩人
撩得平湖春心漾醉
日也漾，夜也漾
漾得滿滿一湖醉

單飛的黑天鵝掠過湖面
撩人的情話令她聲聲悲鳴
悲鳴，在鎖灣不斷迴盪

我的視線是一條長長的線
穿透淚珠，穿過雨絲
穿越六十年時空
想和那個少女的視線再度對接
在六十年時空的那一頭重逢

黑天鵝的悲鳴還在迴盪
我的視線仍在搜尋
仍在六十年時空的那一端擺蕩

附註：

鎖灣（Sussex Inlet）是一個距澳洲雪梨市約三個半小時車程的偏遠河灣小鎮，灣內有一平靜湖泊，風光綺麗。作者二零二二年五月九日至十一日旅居湖濱度假村，得有機會與此湖作近距離接觸，佇立神思。

2022/05/12

問夕陽

在雪梨西郊的一家露天咖啡館
坐看夕陽揮灑彩霞
我時而不經意地
用手指梳理頭上的幾根白髮

啜飲幾口黑咖啡，苦苦的

突然一隻彩鸚飛來鄰桌
用嘴啄、叼桌上殘餘的蛋糕
然後飛去旁邊的木欄杆
給待在那兒的跛足彩鸚餵食
如此往復不下十次

隨便翻閱幾頁《澳洲人報》
唔，又是一宗兇殺案：
老夫少妻深夜激烈爭吵
接著
老夫掏槍擊斃妻子
然後
飲彈自殺
這類新聞
就像麥當勞漢堡搭配炸薯條
是媒體每天必不可少的配料

咖啡館前面橫著一條步道
兩旁的帶狀花圃群花綻放
步道盡頭是一處青翠的墓園
不知墓中人的天地
是不是一個類似彩鸚的世界？

我問夕陽

一隊白色的歸鳥
貼著彩霞由東向西飛過
彩霞隨之隱退，換成暮色
我起身準備回家
桌上還剩半杯又苦又冷的咖啡
就扔進垃圾桶，連同《澳洲人報》

走在這條靜謐的花圃步道上
我一再踏響剛才的問句
且下意識地
又觸摸自己頭上的幾根白髮
不知此生還能有多少個夕陽？但願

最後的一個
用它的餘暉
送我進入那類似彩鸚的世界

2022/8/10

期待最後的黃昏

相思是一把利刃
打從我二十歲的那一年
妳突然離我而去的那一天起
它就日日在我心上劃一道傷痕
如今已是傷痕累累，累累如
八十寒暑在我臉龐刻下的悲歌

妳的住所已經易主，妳在那裡？
我曾經天天在校園、街道、影院
以及其他一切妳可能去的地方找妳
而最終看到的，都只是
妳的幻影

其實我的願望很低，很低
只求妳再給我一個燦爛的笑容
撫平我心上的傷痕
且將我臉龐的悲歌
改寫成一首青春的舞曲

此刻，在異國的夕陽下
我再度來到一處祕境
它像極了
我們曾經多次在餘暉中
赤足徜徉的一個金山海灘
我寄語夕陽
在妳的最後一個黃昏
帶著妳和我一道在我眼前的碧海
沉落

讓我永遠沉醉於妳最後但永恆的
酒窩

2022/8/19

星條旗與最後的一滴乳汁

你是海洋
（星條旗在飄揚）
你以白茫茫的天際線
彰顯你的遼闊
（星條旗在飄揚）
以澎湃的波濤
炫耀你的壯碩
（星條旗在飄揚）
以吞納百川
張揚你的肚量
（星條旗在飄揚）
以浪潮擊岸

咆哮陸地阻擋你的擴張
（星條旗在飄揚）
更以海嘯滅殺生靈
大秀你霸凌陸地的篇章
（星條旗在飄揚）

陸地隱忍，蒼天無語
但我有話要說
在我眼裡，你的大小
遠遠不及伊拉克被霸凌時
垂死的母親為她懷中的嬰兒
擠出的最後一滴乳汁

呸，你靈魂裡頭
有阿瑞斯的吶喊
馬漢的鼓噪，以及

星條旗飄揚颩起的風暴
比起嬰兒的母親
這樣的靈魂顯得何其醜陋

天下有嬰兒的母親們
當妳們的家園被咆哮
被霸淩時
請擠出妳們的最後一滴乳汁
讓乳汁隨著嬰兒的長大
從他們的眼球射出
一把把狄刻神劍的光芒
令那醜陋的靈魂望之膽喪
也讓乳汁隨著嬰兒的長大
在他們的心中豎起
一座座墨子的巨像
使愛在地球上擴散

在人類的腦袋洶湧
在宇宙中澎湃
那醜陋的靈魂
將再也無法附身于海洋
星條旗將被史家從海洋移到
史博館中的一個偏僻的角落
令它和羅馬軍團的鷹旗
遙相對應
任由它們在兩千年時間長廊的兩頭
詛咒落塵遮蔽了兩個海洋帝國的輝煌

附註：

一、阿瑞斯（Ares）是古希臘神話十二神中的戰神，據說是天后赫拉（眾神之王宙斯的妻子）吞食一條暴眼巨蛇後所生。祂是力量與權力的象徵，但因性喜殺戮、行爲血腥而成爲人類災禍的化身。

二、馬漢（Alfred Mahan，1840–1914）是美國近代海軍戰略思想家，其《海權論》對美國歷屆政府的政策影響深遠。他主張美國須建立超強的遠洋艦隊，將戰爭推向海外以保障美國的安全，進而控制、征服他國，攫取利益。因此，海洋成了美國投射力量的載體，成了它的化身。

三、狄刻（Dike）是希臘神話中的正義女神，祂代表眾神之王宙斯職司公正、法律和公平審判，每持神劍追捕罪犯和刺殺褻瀆神靈者。

四、羅馬帝國興起於西元前第八世紀義大利半島的一個小城邦，然後逐步鯨吞蠶食，征服北非、南歐、西歐乃至近東地區，成爲一個不折不扣的地中海帝國。

2023/01/09

古體詩之部

紅玫孤高

一枝紅玫高過岩，不爲蜂兒不爲蝶。
若有潘安似朝陽，任爾採摘莫膽怯。

2018/10/09

韜光養晦

白雪奪目烈日仇，已擇幽谷奔海流。
卅年興雲散雨露，神州蔥郁任他仇。

2021/10/11

晚舟歸漢

華姬借路楓葉窩，被擄命懸三載多。
綁匪之意不在色，劍鋒直指華爲科。
巨龍怒吼達萬里，萬里之外撼巍峨。
匪酋色厲變內荏，華姬歸漢千年歌。

附註：

一、「姬」是指高貴、美麗的婦人。
二、「楓葉」是加拿大的圖騰。
三、「華爲科」是華爲科技有限公司的另一簡稱。

2021/10/16

空山居

月明松靜白雲閑，茶淡笛徐澗水潺。
名埠朱門任傲世，空山洞室近神仙。

2021/10/19

天使傳諭

花木喜日樂雨好，無雨花木終枯槁。
若是四時雨紛紛，根幹腐朽百花杳。
豔陽驕時甘霖降，花木夏浴是天道。
烈日毋當滅雨神，後羿發箭無常道。

2021/11/4

一呼百應

賊劫天下烽煙高，五湖四海湧怒潮。
書就檄文付鴻雁，萬邦興師搗賊巢。

2021/11/7

淡定

雲山懸崖九千仞，寒烏晝夜啼不休。
身困峻嶺謀出路，心平豎耳聽潮流。
循聲覓得達江徑，江潮驅盡百年愁。
駕著輕舟藐險岳，高歌一曲抵平洲。

2021/11/25

2014年初夏，甘南大草原一日遊

極目三千里，藍天罩碧瑤。
單騎馳竟日，射雕逞英豪。
夜宴牧羊女，情歌上九霄。
伊人起藏舞，星光度春宵。
月殘怯言歸，相思最難熬。

附註：
月殘即殘月，清晨出現的灣月稱殘月。在此表示清晨。

2021/12/3

觀自在

嵩山九上拜高僧，僧曰修行在華城。
酒肆可入空無境，古刹難消兒女情。
粗茶飲懂金剛經，佛經不誦佛心生。

2021/12/9

哲人已乘黃鶴去

——寫在蔣經國文化園區落成之日

春雨遠去遺春花，邪風踵至起塵沙。
春花飄零心濺淚，國事無序亂如麻。
園區落成君莫喜，儒風君去日蹉跎。
黃鶴送君胡不歸？是怕歸來見干戈？
請君從天發龍吟，龍吟一聲息戰歌。
若更一聲驅邪風，花獲新雨國昇華。

附註：

蹉跎在此意指衰退。以這個意思來將這個詞入詩的，有唐朝詩人白居易和薛逢：白居易〈續古詩〉之七：「容光未銷歇，歡愛忽蹉跎。」

薛逢〈追昔行〉：「歎息人生能幾何，喜君顔貌未蹉跎。」

2022/01/22

2019年地中海乘郵輪遇日落月升

萬里碧海行船樓，紅日圓圓落船頭。
回眸船尾中秋月，朱顏瞅我杯中酒。
船高十層千酣客，同邀嬋娟消千愁。
清風夜航伊相伴，敢笑李白雲漢遊。

附註：

一、「船高十層千酣客，同邀嬋娟消千愁。」是對李白〈宣州謝朓樓餞別校書叔雲〉詩中「抽刀斷水水更流，舉杯消愁愁更愁」詩句的反向演繹。

二、「敢笑李白雲漢遊」一句，取材自李白的詩〈月下獨酌〉：「花間一壺酒，獨酌無相親。舉杯邀明月，對影成三人。月既不解飲，影徒隨我身。暫伴月將影，行樂須及春。我歌月徘徊，我舞影零亂。醒時同交歡，醉後各分散。永結無情遊，相期邈雲漢。」

2022/4/21

兩岸同唱麗君曲——〈月亮代表我的心〉

——寫在2022年中秋節

海峽明月照萬里，麗君輕歌兩岸譽。
兄弟一曲泯恩仇，京台之間無齟齬。
共創盛世超漢唐，不怕西蠻不羨余。

2022/9/10（農曆八月十五日，中秋節）

損友唆戰

田田金穗倉滿盈，海峽兩岸迎昇平。
高粱痛飲方半酣，戰販擊鼓慫柳營。
美酒當前宜盡歡，沙場拼殺爲誰征？
最悲鬩牆遂魔意，屍橫遍野餵禿鷹。

2022/5/18

子欲養而親不待

台中西城漫晚霞，景前父貌露沉痾。
遊子觀照寢難眠，盡孝歲月愧錯過。
歸來侍奉父已去，淚滿衣袖長披麻。
寵犬喪主日哀吠，子代父職時護呵。

附記：

執筆時，父往生十年。

2022/6/5

虹橋飛鴿

——寫在裴洛西訪台之後

江河分流終奔海，合歡夜來總大合。
海峽參商同胞心，風雨屢阻心橋搭。
敢卻風雨造彩虹，兄弟虹橋飛千鴿。

附註：

一、本詩詩題及末句中所見「飛」字，作及物動詞用。

二、江河在此代指長江與黃河，二者均發源於青海省，然後分流而下。前者流入東海，後者注入渤海，皆屬我國海域。

三、合歡乃植物一種，亦稱合昏，葉子朝分暮合。

四、「參商」一詞出自《左傳．昭西元年》。據記載，遠古高辛氏有二子，長子名閼伯，天生聰慧過人，氏甚寵之；四子名實沉，雖才華出眾，惟不見待于高辛。實沉甚妒閼伯，日與爭鬥，或吵鬧不休，或揮拳舞腳，甚或大動干戈。氏深感苦惱，求助於堯帝。帝因令閼伯遷于商丘（今河南東部一帶），主商星；著實沉徙于大夏（今山西南部），管參星。兩地相隔千餘里，以彼時交通工具，兩人絕難相遇。而商星位居天之東，參星位居天之西，此起彼落，亦無法同時在天。後世以參商喻親友分隔兩地，不得相見；杜甫〈贈衛八處士〉一詩即有「人生不相見，動如參與商」之說。亦有以參商譬人與人感情不睦，互相對立者，如唐陳子昂〈為義興公求拜掃表〉：「兄弟無故，並為參商。」本詩「海峽參商同胞心」一句中所用參商一詞，係詞性轉換，即將名詞用為及物動詞。

2022/8/5

記高堂生前口述親歷日寇侵華往事

曙光初露千家炊，忽聞炮聲非遠雷。
紛攜老幼深山遁，誰知寇騎已來追。
村民被驅祠前聚，驚睹宗祠火中危。
壯士奮起欲滅火，屠刀劈下血肉飛。
神州大地多忠魂，換回河山春風吹。

2022/9/3（抗日戰爭勝利紀念日）

記父執生前口述 1942~1943 年抗戰期間河南大飢荒步行百里投奔故舊

孑身凶年奔故舊，亡妻九泉覓家翁。
百里寒路盡餓殍，戶戶農家戶戶空。
受邀畫堂爐邊坐，咖啡騰香遞手中。
主謂：「故情永不渝，一片熱心在杯中。」
管家樓外喊備飯，饑民涕零謝收容。
主人引我進私房，滿桌酒食舊時同。
呼子琴前彈〈尋梅〉，主賓共憶兒時蹤。
往日笑鬧早遠颺，烽火蝗旱那年終？
美酒當前同垂淚，滴滴墜落水晶盅。

2022/10/12

客居暮飲

秋風蕭瑟催客愁，青絲成霜衰容華。
日暮且醉千杯酒，滿天彩霞笑煙波。

附註：

一、李白名詩〈將進酒〉有「君不見高堂明鏡悲白髮，朝如青絲暮成雪」的詩句。本詩「青絲成霜」一詞是前述「朝如青絲暮成雪」的變用。

二、煙波在此是借用唐代詩人崔顥所作〈黃鶴樓〉最後兩個詩句「日暮鄉關何處是？煙波江上使人愁」中煙波一詞的寓意。

附錄

一、閻振瀛教授青年時期創作的新詩兩首暨我的賞析

鐘乳石

閻振瀛

百年、千年、萬年，
一滴、一滴、一滴一滴的水滴，
把我滴成我的名字鐘乳石。

在黑暗的景色中，
風、花、雪、月和我都沒有瓜葛；
連我和我的影子都沒有關係。
我不必把思想變成語言；
而感情就是我對大地的執著。

我世世代代面壁而活；
然而，我不是西來的達摩。
切莫問我西來意，
我的名字鐘乳石。

〈鐘乳石〉賞析

趙福粦

〈鐘乳石〉如悠揚的梵音從幽幽的岩洞傳出；它的節奏像梵音，當讀者讀到「百年、千年、萬年」「一滴、一滴、一滴一滴的水滴」的時候，會因爲這個節奏而令自己的情緒、思緒變得緩慢，並最終沉澱下來；會因爲這個節奏而很自然地讓自己心中的澄澈之水與時間的長河匯流，靜靜地流它一百年、一千年、一萬年。它的詩意也像梵音，當「風、花、雪、月和我都沒有瓜葛」「連我和我的影子都沒有關係」「我不必把思想變成語言」這樣的詩句進入讀者靈魂的時候，讀者會不由自主地從內心深處放空一切；執著之心沒有了，分別之心沒有了，一切皆「隨法性而行」，回歸心靈的本來面目——「非有非空、非非有、非非空」。

讀完〈鐘乳石〉之後，讀者大概會得出這樣的結論：作者在有意無意間將自己的佛心比喻成歷經百年、千年、萬年淬鍊而成的鐘乳石——潔白、單純、了無雜質。相對於這樣的淬鍊，達摩追隨其祖師般若多羅學佛不過才四十年；達摩在嵩山少林寺面壁也才九年，而鐘乳石則「世世代代面壁而活」，所以作者說：「我不是西來的達摩。」

〈鐘乳石〉最後的兩個詩句「切莫問我西來意」、「我的名字鐘乳石」是神來之筆——畫龍點睛地點出「佛曰不可說」的禪意，和第二段第四行的詩句「我不必把思想變成語言」遙相呼應。

〈鐘乳石〉是作者青年時期的作品。青年時期就能藉由對鐘乳石的觀察而將佛心體會得如此之深、寫得如此之透，非有過人之才不足爲功。已故當代著名詩人羅門先生稱譽閣先生爲詩神，其來有自。

普羅米修士的吶喊

閻振瀛

午後蟲子們又集合了，
集合起來喝我的血，
集合起來蠶食我的肺葉。

噢！蟲子！
你們儘管噬吧！
我是你們的佳餚！

噬我吧！蟲子！
噬光我吧！蟲子！
在這冷漠的高加索山上，
不要爲我留下一滴鮮紅的血。

所以，蟲子們！
你們儘管噬我吧！
我自豪我是你們的佳餚！

〈普羅米修士的吶喊〉賞析

趙福犇

在希臘神話中，普羅米修士（Prometheus）是泰坦（Titan）神族的一個神明，因違反眾神之王宙斯不准人類用火的禁令，幫助人類偷取了阿波羅的火，而觸怒了宙斯。宙斯爲示嚴懲，特將他鎖在高加索山的懸崖上，並日日派遣一隻惡鷹啄食他的肝臟。肝臟當日被吃完，次日又重新長出，又再次被吃光，如此日復一日，令普羅米修士承受永無休止的折磨。

〈普羅米修士的吶喊〉可以看作是普羅米修士對宙斯的另類反抗；他寧可任由蟲子把自己的身體噬光，也不願讓宙斯的惡鷹日復一日地啄食自己失而復生的肺葉。〈普〉詩似在隱喻人可以對於厄運和權勢採取一種另闢蹊徑的方式予以反抗，並最終獲得生命的解脫和快樂。而爲著生命的解脫和快樂，人自然可以發出類似普羅米修士的那種豁達的吶喊：「我自豪我是你們（蟲子）的佳餚！」

二、散文

哀矜勿喜——兩個幼童的故事

趙福龔

二零一四年四月十五日，某大陸二歲男童香港街中尿急難控，其父母唯任由當街解決。事經某香港記者以相機錄下。母親慮遭散播，欲強取相機記憶卡。一香港婦人將其推開，指其搶劫，報警處理。影片旋在港臺網上瘋傳，狠批大陸族群文明素質低劣。後者則強烈反彈，疾言以對。

我乃憶起另則故事。一九七四年，朋友留美，次年其妻攜一歲及二歲幼女飛洛城團聚。機先抵夏威夷辦入境查驗，後續飛洛城。夏威夷下機前，二幼女均無尿意。豈一入航廈，一歲幼女登時尿急，就地崩泄，號啕大哭，其妻不知所措。一女工見狀，手持潔具前來，先柔聲安慰母女，繼即清理地上尿液。事畢，微笑離去。現場無人拍照，亦無惡言相向者。

相較頭則故事，次則小且平淡，然深含人文主義精神——同情、愛與包容，即「哀矜勿喜」、「民胞物與」、「厚德載物」。事發當時，美已是發達經濟體，港臺則尚處發展階段，一如後者今之於大陸。然美之普羅大眾對來自發展中經濟體之人，卻懷抱人文主義精神，實堪吾人借鑒。

文明素質含形而上與形而下二者。前者如同情、愛與包容。後者如法律與習俗。首則故事顯示，吾人徒責來自後發經濟體的童子及其父母違反發達經濟體的法律與習俗，卻無視本身對待幼童及其父母尚缺形而上的文明素質。是以吾人自詡文明素質高人一等，無異五十步笑百步。吾人若能以禮善待後發經濟體之人，並擇其善者推崇之，其不善者善導之，當可收「春風化雨，潤物無聲」之效，彼此的怨懟與衝突亦當能化解於無形，而結出和諧世界之果。

菜根譚有云：「攻人之惡，毋過嚴，要思其堪受。」願兩岸三地同胞以此互勉。

附記：

本文原載於 2022/01/22《中時新聞網》的《臺灣人看大陸》欄目。

禮失求諸野

趙福犇

二零零八年五月十二日大陸四川發生芮氏八級超強地震，震中在汶川縣，世稱汶川大地震，重災區涵蓋汶川、都江堰、成都等眾多縣市，造成八萬多人死亡，三十七萬四千六百四十三人受傷。除大陸以舉國之力立時救難外，世界各國也紛紛伸出援手，而臺灣更派出二十二人救援隊馳往震區搶救生命，並捐出新臺幣二十億元善款賑災，充分體現民胞物與的偉大情懷，中華文化終於成爲台海兩岸民心相連的紐帶。

上海作爲本次地震向四川進行對口支援的主要城市，立即採取多項舉措，履行職責，其中包括一再組織市民前往四川旅遊消費，以活絡當地經濟。我在震後第四個月以上海臺胞居民身分參加了一趟這樣的旅遊。其中一天，夜宿綿陽市。到達該市約是下午五時許。我利用晚飯前的傍晚時分上街溜達。信步中見一中年婦人在人行道上遛狗。她右手用皮帶牽狗，左手拿著塑膠袋。我正好奇這袋究竟是什麼用途的時候，狗突然停下來排便。接著她彎腰把地上狗糞套入袋中。我大感意外，這大陸的四線城市居然出現西方國家的城鎮都未必有幸看到的精神文明現象。我對她大加讚賞。她微笑說：「自從胡主席提倡和諧社會以來，我就自覺這樣遛狗了。讓人家不小心踩到狗屎會造成人我之間的矛盾，不利和諧。我這是在盡自己的責任，謝謝您的鼓勵。」當她後來得知我是響應上海市政府的號召前來旅遊的時候，又特地謝了我一次。

在返回飯店晚餐的路上，我一再回味剛才的景象。孔子說：「禮失而求諸野」，此番所見，應是聖人此言的適當註腳。

附記：

本文原載於2022/01/27《中時新聞網》的《臺灣人看大陸》欄目。

君子固窮

趙福彝

二零一一年秋，某晚，我拎著裝有信用卡和現鈔的隨身包走出所住酒店，前往北京海淀區一家影院觀賞迪斯耐的《功夫熊貓》。憑臺胞證上的年齡，我買了張老年優待票入場。就座後隨即把包包放置身旁，以求輕鬆。

劇終時，我仍沉醉在劇情之中，心不在焉地跟隨人潮離場。正要踏出映廳大門，後面忽有人把我叫住。我回頭一看，原來是位男青年舉著我的包包招呼我。他說：「老先生，您忘了隨身包。」我這才驚覺自己糊塗，趕緊趨前道謝。他交給我包包時，要我打開檢查，以確定完璧歸趙。我說：「您這麼誠實、善良，我還不知該如何感激您呢，哪還要什麼檢查。」接著我們邊走邊聊。他告訴我，他是北大法律系二年級學生，來自湖南農村。我說：「您很優秀，畢業後可當律師，既幫人維權，又收入豐厚。」他說：「我家貧窮，來北大讀書，全靠國家資助，我非常感恩。所以畢業後想回農村當幹部，服務家鄉。」我說：「您一定會是個德才兼備的好公務員。才的方面，您是學霸，這沒問題；德的方面，您拾金不昧，足以說明您很廉潔。此外，您把包包還給我時，特別要我開包檢查，這表明你爲人坦蕩，人雖窮，但德不喪。」他說，他會把我的話當座右銘。

孔子有云：「君子固窮，小人窮斯濫矣。」（見《史記・孔子世家》）。又說：「飯疏食，飲水，曲肱而枕之，樂亦在其中矣。不義而富且貴，於我如浮雲。」（見《論語・述而》）。這位北大學生讓我看到孔子所樹立的君子固窮的標杆。

附記：

本文原載於 2022/02/05《中時新聞網》的《臺灣人看大陸》欄目。

湧泉以報——一個平凡的故事

趙福蕣

二零零七年九月二十八日上午，我打從上海虹口區大柏樹路輕軌站上車。進入車廂，座無虛席，就隨便找個頭頂上方備有抓環的位置站立。此時座位上的乘客大多是年輕人，幾乎都在低頭看手機，大概沒有注意到我這個頭髮斑白的長者。但沒隔多久，我左前方第三個座位的一個衣著樸素的青年站起來，示意要把他的座位讓給我。我走過去說：「謝謝您，我雖年紀大了些，不過還能站，您請繼續坐。」但他堅持讓坐。我見他態度誠懇，不宜辜負他一片好心，便欣然坐下。車行進中，得知他是從唐山來上海辦事的。我說：「您人眞好。現在年輕人，中外都一樣，肯仿效孔融讓梨精神，讓座給老弱婦孺的，已不多見。您該受表揚。」他說：「哪兒的話，我這是應該的。您知道，上世紀七十年代，我市遭到百年不遇的特大地震，全城毀於一旦。幸虧全國百姓和各級黨政機關懷抱人饑己饑，人溺己溺的惻隱之心，踴躍捐輸，才使我市得以迅速重建。我市領導一再教導我們要時刻心存感恩，一有機會就須湧泉以報。我給您讓座，算得了什麼！連涓滴都談不上，慚愧。」我聽罷，沉思良久。大陸上世紀

六、七十年代雖有「文化大革命」的十年浩劫，神州大地到處高舉批孔大纛，但中華文化的仁愛思想、民胞物與的偉大情懷以及知恩圖報的民族基因並沒有因此式微。

車抵中山站，我得下車，便向他道別、致謝，把座位還給他。他一面提醒我，他已經給了我聯繫的電話，如有機會去唐山，務必通知他，好讓他招待我這個遠方的臺胞；一面又四處張望，繼續尋覓需要座位的乘客。

附記：

本文原載於2022/02/14《中時新聞網》的《臺灣人看大陸》欄目。

柳暗花明

趙福蕣

二零一零年七月二十日，一位美國三藩市的商界朋友從上海打來電話，說他一個星期前就到了上海，在那兒洽談一項商務合作，現在已經大功告成，想放鬆一下，希望我能去上海跟他會面，然後結伴去蘭州旅遊。我問他，爲何指定蘭州？他答稱，那兒有一座一百多年歷史的中山橋，聽說是美國人設計的，他很好奇，想去看看。我因爲已經退休，無事羈絆，就在次日欣然從桃園機場飛往上海。

七月二十二號晚上九時許，我們到達蘭州，第二天早上十點左右就在住宿酒店雇車，前去中山橋觀光。

中山橋原名第一橋，別稱蘭州黃河鐵橋，在白塔山下跨越黃河，連接兩岸，橋下時有羊皮筏子穿過。它始建於一九零八年五月九日（清朝光緒三十四年四月初十），歷時一年三個月，在一九零九年八月十九日（清朝宣統元年七月初四）正式建成。這是一座經光緒皇帝御批，交由當時的甘肅洋務總局委託天津德商泰來洋行承建的橋梁，料件都來自德國，設計單位爲美國橋梁公司，而施工人員則是中國工匠，保固期八十年，算是衰敗的滿清皇朝在謝幕前留給中華兒女的一份禮物。此橋在一九二八年（民國十七年）更名爲中山橋，以紀念國父孫中山先生。抗日戰爭及國共內戰期間，橋面曾略遭炮火毀損。中華人民共和國成立後，分別在一九五四年與二零零四年各進行一次維修加固，並將它定性爲一座純粹供步行和觀光之用的橋梁，禁止車輛通行。二零零六年六月，中國國務院更把它列入第六批全國重點文物保護單位名單。

中山橋的立面，一九零九年建成時，由五座長方形的鋼架組成，中國大陸在兩次加固期間，將之改成五座拱形鋼架，遠觀宛若遊龍，極具動感，充滿韻律。

遊畢中山橋，司機載我們到一家西餐廳午餐。剛入座，就聞到一股濃烈的煙味，我肺部頓感不適。那是一位中年男士在吞雲吐霧。此時我不斷糾結該不該上前去請他熄煙。終於忍耐不住，便鼓足勇氣走到他的桌前，禮貌地說：「同志，不好意思，我對香煙過敏，肺部有點兒痛，能不能請您停止抽煙？」

我的請求其實於法無據，因爲大陸當年還沒有制定有關公共場所禁煙的法規。但幸運的是，他微笑點頭，隨即把手中的香煙熄滅，沒有惱怒。一場我原以爲會產生嚴重摩擦的事故，總算圓滿收場。我心存感激，向他眞誠一鞠躬，然後回座和朋友用餐。

離開餐廳，我漫步哼歌。朋友問我何事快樂？我便將剛才的情形詳加解說。我告訴他，我此刻的心境可以用南宋詩人陸游〈遊山西村〉中的一個詩句來形容，而這個詩句，他們國家的國務卿希拉蕾・柯林頓在二零一零年五月二十二日上海世博會美國館招待會上致辭時，曾經引用過，那就是「After endless mountains and rivers that leave doubt whether there is a path out, suddenly one encounters the shade of a willow, bright flowers and a lovely village.」（山窮水複疑無路，柳暗花明又一村）意即英文的「Every cloud has a silver lining.」（烏雲裡頭總有一線銀光）。我說，我從那位先生的煙霧裡看到，大陸人的總體精神文明素質遲早會像陽光一樣，從煙霧冒出，釋放金輝，令人驚豔，一如「最美的臺灣人」（大陸人讚揚臺灣百姓的用語）。沒有想到，我這位美國朋友居然從中山橋獲得靈感，回應說：「孫中山先生是你們臺灣海峽兩岸人民都尊敬的偉人；你看，蘭州市有歷史悠久的中山橋，臺北市有非常宏偉的國父紀念館，北京市天安門廣場每逢十月一日中華人民共和國國慶，又都會高掛孫中山先生的畫像。你們何不考慮建一座中山橋，跨越臺灣海峽，連接兩岸？那會是一座多麼壯觀而又有歷史意義的橋梁！」我說：「您的主意很好，應該由你們政府委託雷神和洛克希德馬丁這兩家公司來承建，建成之日再請希拉蕾・柯林頓來吟誦柳暗花明又一村。」他問我：「爲甚麼是這兩家公司？」我說：「您懂的！」他說：「如果是這樣，他們還能賺甚麼軍火錢？」我說：「他們建這麼一座和平之橋，不也一樣可以大賺特賺？賺造橋費，還有過橋費，就讓他們賺它個盆滿缽滿；造橋費、過橋費都由我們海峽兩岸的百姓來支付。為了和平，我們不會為錢心痛。」他聽罷，一再點頭，還說，他回到美國後，要去遊說國會議員，玉成此事。

我的美國朋友和我的想法不免有些天眞。但無論如何，我們都眞誠期盼海峽兩岸柳暗花明的一天早點兒到來，而兩岸人民的交往，也能夠儘快達到陸游在〈遊山西村〉中所說「拄杖無時夜叩門」的境界。

附記：

本文原載於2022/03/03《中時新聞網》的《臺灣人看大陸》欄目。

國家圖書館出版品預行編目資料

騷人頌：趙福毅詩集／趙福毅著. --初版. --臺中市：白象文化事業有限公司，2024. 3
面； 公分
ISBN 978-626-364-155-6（平裝）

863. 51　　112017001

騷人頌：趙福毅詩集

作　　者　趙福毅
校　　對　趙福毅
發 行 人　張輝潭
出版發行　白象文化事業有限公司
　412台中市大里區科技路1號8樓之2（台中軟體園區）
　出版專線：（04）2496-5995　傳真：（04）2496-9901
　401台中市東區和平街228巷44號（經銷部）
　購書專線：（04）2220-8589　傳真：（04）2220-8505
專案主編　黃麗穎
出版編印　林榮威、陳逸儒、黃麗穎、水邊、陳媁婷、李婕、林金郎
設計創意　張禮南、何佳諠
經紀企劃　張輝潭、徐錦淳、林尉儒
經銷推廣　李莉吟、莊博亞、劉育姍、林政泓
行銷宣傳　黃姿虹、沈若瑜
營運管理　曾千熏、羅禎琳
印　　刷　百通科技股份有限公司
初版一刷　2024 年 3 月
定　　價　300 元